SESSÃO CORRIDA: QUE ME DIZES, AVOZINHO?

Capa: Eliezer Levin
Produção: Plinio Martins Filho

Eliezer Levin

SESSÃO CORRIDA:
QUE ME DIZES, AVOZINHO?

Copyright © Editora Perspectiva S.A.

EDITORA PERSPECTIVA S.A.
Av. Brigadeiro Luís Antônio, 3 025
01401 - São Paulo - Brasil
Telefone 288-8388
1982

"Oh Deus, teus filactérios caíram no chão."

1

Que me dizes, avozinho?

Que posso dizer? Olha para dentro do livro, uma geração vai, outra geração vem, mas o sol nasce todos os dias.

2

— Ó menino, que livro é este? — pergunta-me meu pai.
— É de latim, tenho provinhas.
— Ah, latim!

Abre-se num largo sorriso. Nossas relações andam cada vez melhores. Desde que entrei no ginásio, sinto que virei importante para ele. Não sei há quanto tempo não me sapeca um bom tabefe; isso, evidentemente, significa alguma coisa. Queixa-se, às vezes, à mamãe de não me ver estudando nem *Humesh* nem *Guemore*. Esse garoto ainda me vai acabar um *goi*, diz ele. Mas creio que o diz da boca pra fora; sabe muito bem que, com dez matérias no ginásio, ninguém tem tempo de se coçar.

— Provinhas, hein?! — resmungando, dirige-se à cozinha, ao encontro de mamãe.

Meu irmão Srulic passa correndo. Daí a pouco, volta mastigando um pedaço de pão preto, barrado de manteiga. Ajeita-se à mesa e, em silêncio, fixa-me os olhos. É um garoto de seus cinco anos, cabelo longo, cacheado, tem grandes olhos pretos. Minha mãe é doida por ele.

— Dê o fora, Srulic; como vou estudar, você me espiando desse jeito?

— Hein?

— Pronto, lá vem ele com os "heins".

Já notei que, com o Srulic, não adianta mesmo gritar.

— Olhe, seu jabuticaba, tenho de estudar — digo-lhe com toda brandura possível.

Ele arregala os olhos.

— *Rosa, rosae, rosae* — começo a declinar.

Da cozinha vem um leve sussurro de vozes. Meu pai comenta as notícias do jornal. Tropas aliadas. Ocupação da França. O rádio do vizinho espalha no ar os sons de uma marchinha: "... a mulher do padeiro trabalhava noite e dia". Ah, desse modo, não me vai ser fácil estudar.

— Quero um lápis — pede Srulic.

— Ele quer agora um lápis.

Dou-lhe, além do lápis, uma folha de papel, e começo a recolher devagar meus livros e cadernos.

Mamãe entra na sala para arrumar a mesa.

— *Oi Gotenhu, Gotenhu* — vai murmurando.

Comemos em silêncio. Após o jantar, liberada a mesa, retomo a minha posição e reinicio os estudos. A verdade é que ando preocupado com a maldita provinha. Não consigo me livrar da imagem medonha do professor, que me persegue dia e noite, que não me dá descanso. Vejo-o de pé, no meio da sala, esfregando as mãos, pronto para investir contra mim; seus olhinhos cruéis, que tudo vêem, chispam em minha direção.

Arrumada a sala, mamãe volta para a cozinha, começa a lavar a louça empilhada na pia, e, no final, como faz todas as noites, trata de salgar a carne para o dia seguinte.

Srulic dorme o sono dos justos. Meu pai, sentado na poltrona, debaixo de um foco de luz, lê seu jornal. Reina em toda parte um grande silêncio. Lá fora, em cima de um telhado, um casal de gatos mia no meio da noite.

3

No Largo do Tesouro, saindo da escola, eu e Arele tomamos o bonde de volta para casa. Arele é o meu melhor amigo. Embora um pouco mais alto do que eu, é mais magro, mais franzino; tem olhos vivos, muito brilhantes, e um cabelo rebelde sempre em desalinho.

Hoje nenhum de nós foi lá muito feliz na provinha. Ele, entretanto, não é do tipo que se deixa abater facilmente.

— Sabe quem cuida dos meus boletins? É Sheine, minha irmã — diz-me rindo. — E Sheine nunca foi capaz de encostar a mão em mim.

Arele é realmente um felizardo.

O bonde arrasta-se lentamente, gemendo nos trilhos a cada curva. No mesmo banco, perto de nós, viaja uma mocinha loura, espremida entre um velho interessado nas suas pernas, e um cidadão gordo, de respiração pesada, que não lhe tira os olhos de cima do colo, um tanto descoberto pelo decote. A viagem é longa. Temos tempo de sobra para conversar. Arele me conta casos engraçados. O rosto dele reflete uma alegria que me deixa espantado.

— Até parece que você se saiu bem na provinha, hein, Arele?

— Adianta chorar? Não, não vou dar esse gostinho ao filho-da-mãe.

Refere-se ao nosso professor de Latim. Isso, aliás, é puro Arele. Sem papas na língua, diz o que pensa e está acabado.

— Para mim, ele não passa de um grande sádico — acrescenta. — Quer ver é a nossa caveira. Aquele jeitinho de falar, *meus filhos, meus filhos*, nunca me enganou.

Como já disse, eu e Arele somos grandes amigos. Podemos discordar em alguns pontos, ou mesmo discutir algumas questões, mas não há nada que possa manchar a boa e leal amizade que nos une.

— Tchau, Arele — despeço-me dele, pulando do bonde em movimento.

— Eta professor filho-da-mãe. — Arele solta sua risada franca e sonora. — Um dia vou dizer umas coisas na cara dele.

4

Abro a porta do meu quarto e me desfaço da pesada pasta, atirando-a sobre a cama. Não me sai da cabeça a maldita provinha. Felizmente o pessoal de casa não me fez perguntas. Por isso, agora, já a sós, sem nada a temer, experimento uma agradável sensação de paz.

Todos se foram. Mamãe e Srulic saíram não sei para onde. Meu pai se encontra fora, trabalhando. A casa está toda vazia. Não se ouve um pio.

Com todo esse sossego, acho que é tempo de estudar. Sim, é o que devo fazer, as lições são muitas. Contudo, ai de mim, uma sonoleira vai-me dominando, me deixando mole, entorpecido. Quero reagir. Meus olhos sonolentos passeiam por todo o quarto. Minha cama, fofa, macia, me sugere: deixe disso, venha deitar-se, só um pouco. Do grande armário ao longo da parede, desprende-se uma sombra comprida, fantasmagórica.

Sacudo a cabeça e caminho em direção da janela aberta para a rua. A tarde está calma. O sol bate nas vidraças. Garotos correm atrás de uma bola de meia. Parados na calçada, dois velhos conversam. Da esquina surge o nosso carvoeiro, seu Rodrigues, empurrando a carrocinha cheia de sacos de carvão; faz alto no meio da rua, e, tirando do bolso um longo pano encardido, passa-o pelo rosto. Do outro lado vem chegando Simão, o filho do padeiro, com o seu eterno cesto de rosquinhas a balançar no braço. Pára também e fica olhando; seus lábios apregoam mecanicamente: *Beiguelah, Beiguelah.*

5

— Devem ser os tios! — a voz grave de mamãe ressoa do fundo da cozinha, me avisando.

Corro a abrir a porta. Dou de cara com tio Iossl e tia Dvoire. Meu pai, mesmo antes de dirigir-lhes o habitual *sholem-aleihem*, agitado, aponta para uma manchete do jornal que está lendo.

— Você viu isto, Iossl, declaração do Senado americano?
— Declaração do quê?
— A favor de um Estado judeu.
— Não acredito.
— Como, não acredita? Está aí, pode ler.

Tio Iossl agarra o jornal, dá-lhe uma olhada, depois o atira sobre a mesa.

— Bem, e o que significa isso pra você?
— Muita coisa. Pode ser até o fim do nosso *galut*.

— Não me faça rir.

Mamãe e tia Dvoire, já a meio caminho da cozinha, ao ouvir as últimas palavras, voltam-se interessadas.

— Do que estão falando? Novidades da guerra? — pergunta tia Dvoire timidamente.

— Ora, quem está falando da guerra? Dvoire, por favor, não misture *borsht mit locshen* — retruca meu pai.

Diante disso, é claro, as mulheres se limitam a ficar caladas, retraídas, escutando.

— Quer saber a minha opinião, Iossl? Pra mim, a América é quem dá hoje as cartas. E, como diz o ditado: "Quando Deus quer, a vassoura também atira".

— Você acredita realmente nisso?! — corta tio Iossl, já meio esquentado. — De promessas vivemos cheios até aqui.

— Pois eu lhe digo que a coisa agora é pra valer.

— Ah, é? Quer dizer que já podemos proclamar: "Ano que vem, em Jerusalém?" — Tio Iossl solta uma boa gargalhada.
— Por que, diabo, vivemos nos iludindo? Basta de ilusões, homem. Veja o que acontece com nossos irmãos na Europa. É esta a realidade.

Mamãe, silenciosa o tempo todo, levanta-se, solta um suspiro e parte para a cozinha.

Na sala prossegue a discussão. Aliás, meu pai e tio Iossl são dois tipos que adoram discutir. Por vezes, acabam até mesmo trocando palavras duras. As acusações vêm de um lado e de outro.

— Esse sujeito, só porque andou lendo alguns livros, quer bancar comigo o progressista — explode meu pai.

— E você? Que adianta rezar? Pra que bater penitências no peito? Afinal, quem vai lhe dar ouvidos?

— Dobre a língua, Iossl.

— Pois eu não ligo para as rezas, ouviu?

— Silêncio, epicurista.

As mulheres intervêm em boa hora.

— Oi *meshugoim*, vejam só como se exaltam! Não têm mais nada que fazer!

Tio Iossl sai zangado, batendo a porta. Meu pai continua esbravejando.

— Epicurista é o que ele é. São judeus dessa laia que nos levam para o buraco.

Felizmente sabemos que tais palavras são da boca pra fora. Já no dia seguinte, reencontram-se e, como se nada tivesse acontecido, sentam-se à mesa. Conversam, riem, contam piadas, discutem.

6

Que me dizes, avozinho?

Andei uma longa jornada até a montanha. Foi quando ergui os olhos e vi uma mulher vestida de preto. Seus cabelos estavam soltos, desgrenhados; da boca, lhe saíam lamentos: Quem há de me consolar? Quem há de me consolar? Acheguei-me a ela e disse: Se fores uma mulher de verdade, fala comigo; se, porém, fores um espírito, desaparece. Ela respondeu: Não me reconheces? Mãe de sete filhos, vi meu marido partir para longe. Um mensageiro avisou-me de sua morte. Mas enquanto eu chorava pela minha viuvez, veio outra notícia: desabara minha casa, soterrando os meus sete filhos. Ah, me diz agora, por quem hei de chorar primeiro?

7

Quando mamãe mergulha em seus silêncios compridos, convém deixá-la a sós. Refugiada na cozinha, que é o seu domínio, permanece aí, horas a fio, pensativa, de olhar vago, perdido. O único capaz de tirá-la dessas cismas é o Srulic; quando ela o vê, puxa-o para si, cobre-o de beijos, e fica a murmurar: *Oi Gotenhu, Gotenhu,* que será de nós?

Comporta-se como se estivesse de luto. Não ri, não sai de casa, não aceita convites de ninguém. Quando, às vezes, distraída, rompe a rir, pára no meio, soltando um profundo suspiro.

Uns dias atrás, quando se espalhou no Bom Retiro que o cine Marconi iria apresentar o filme *A brivele der mamen,* meu pai ficou entusiasmado. Prometeu que nos levaria a todos. Entretanto, chegada a grande noite da estréia, mamãe nos surpreendeu.

— Não contem comigo, eu não vou.

— Por que, meu Deus? Que foi que aconteceu? — perguntou tia Dvoire.

— Nada, vão vocês, eu fico.

Insistimos, mas não adiantou nada. Ela não se deixou convencer. Por algum motivo, que ignorávamos, resolveu não ir e estava acabado. Fomos sozinhos, e assim o fizemos porque não se poderia, naturalmente, perder um filme como aquele. Um filme falado em *idish*!

No fim da noite, ao voltarmos para casa, meu pai e tio Iossl não paravam de cantarolar a doce melodia.

A-bri-ve-le-der-ma-men.

— Iossl, por favor — interrompeu-o meu pai. — Você está fora de tom. É assim, ouça: *A-bri-ve-le-der-ma-men.*

— Pois é assim mesmo que estou cantando. *A-bri-ve-le-der-ma-men.*

— Falso, falso — corrigiu-o de novo, meu pai, rindo.

Mamãe e tia Dvoire, na cozinha, preparavam o chá. Cabeceando de sono, fiquei sentado à mesa, à espera de que alguém me mandasse para a cama.

— Não posso compreender por que você não foi — comentou tia Dvoire. — Que filme lindo, oh, como chorei!

Mamãe nada respondeu. Tirou a água do fogo, encheu o bule e levou-o à mesa. Tia Dvoire não parava de falar.

— Nunca vi tanta gente! Não faltou mesmo ninguém, você deveria ter ido.

Minha mãe agitou-se, interrompeu o que vinha fazendo e cravou-lhe os olhos.

— Alguém deveria ficar, meu Deus — disse ela, baixinho.

Mas nem sempre fora assim. Pelo contrário, era uma mulher alegre, sempre disposta a passear conosco, a sair, a divertir-se com as menores coisas. Muito comunicativa com os vizinhos, a quem visitava e de quem recebia visitas. Naturalmente tinha lá suas prevenções contra todos os cristãos, os *goim*. Nunca pôde esquecer os sangrentos *pogroms* de sua aldeia natal. Aí sim, uma sombra cobria-lhe os olhos. Estas impressões lhe ficaram gravadas a ferro e fogo. "Todos uns anti-semitas, uns bandidos", dizia. Não passava, porém, de uma frase. No fundo, minha mãe era incapaz de ter ódio verdadeiro contra quem quer que fosse. Provam isso suas boas relações com a maioria dos nossos vizinhos cristãos, por cujos problemas se interessava, chegando a comover-se e a chorar.

Foi o caso da italiana, uma mulher briguenta e escandalosa, que se instalara com toda a família num porão, perto de nossa casa. A vizinhança já se acostumara às brigas do casal. No meio da noite acordávamos com os gritos angustiosos da mulher. O marido, embriagado, batia-lhe furiosamente.

— Não, por favor, não! — gritava ela. — Vais assustar as crianças.

Para nós judeus, um homem bater numa mulher, não era um fato muito comum.

— Temos de fazer alguma coisa — revoltava-se minha mãe.

— Deixe os cristãos em paz! — dizia-lhe meu pai, preocupado com a carga das nossas próprias penas.

Outras vezes, quando o italiano não estava batendo na mulher, horrorizava a rua toda com outro tipo de gritos:

— Judeus exploradores, são eles os culpados! Assassinos de Cristo!

O caso ia-se tornando cada vez pior. Mas, um dia, de repente, soubemos que o homem se havia escafedido, abandonando a mulher e os quatro filhos menores. A pergunta agora era: do que iriam eles viver? Ajudá-los? Ajudar a família de um italiano anti-semita? Não, ninguém queria saber disso.

Contudo, ainda não havia passado um dia quando mamãe me agarrou para ajudá-la numa tarefa das mais estranhas. Carregando uma pesada cesta de feira, lá fomos nós, quase às escondidas, visitar a casa da italiana.

Causou-me tontura e náuseas o ar infecto e viciado do porão. Eu mal podia respirar; saí correndo e fui esperá-la na rua.

Mamãe, ao voltar, estava feliz.

— Uma boa mulher — confiou-me. — Uma boa mulher, apesar de cristã.

8

— O que temos no jornal? — pergunta tio Iossl, sentado à mesa da sala. Meu irmão brinca de montaria nos joelhos dele.

— Só drogas — meu pai faz uma careta.

— Podemos servir o chá agora? — a voz aguda de tia Dvoire, que faz companhia à mamãe, ressoa lá no fundo da cozinha.

Tio Iossl, cada vez mais animado com os galopes de meu irmão, vira-se para mim, rindo.

— Diga à chata de sua tia que aqui ninguém é surdo.

Bem diferente da esposa, alta, magra, de cabelos pretos, tio Iossl é um camarada de meia altura, troncudo, rosto claro e sardento. Fala grosso e, para quem não o conhece, dá a impressão de um galo de briga. A meu ver, os ares brabos que assume mal escondem o verdadeiro homem que ele é. Mas tem um gênio instável. Certos dias, comporta-se como se fosse a criatura mais otimista do mundo; em outros, mete-se a achar defeitos em tudo e em todos. Em matéria de negócios, na opinião de meu pai, tio Iossl é um *shlimazel*. Nada dá certo para ele. Já teve várias profissões, mas não alcançou êxito em nenhuma delas. Agora, está tentando *clientele*.

De início, tio Iossl andou cheio de entusiasmo.

— Afinal de contas — andava gracejando —, todos começaram por aí. Por acaso, não vão bem? Ah, se eu tivesse a cabeça no lugar, já poderia estar bem longe.

Ele não parava de se fanfarronar.

— Vocês naturalmente querem saber como atuam os meus colegas. Eu mesmo, depois de me inteirar aqui e ali, já me perguntei: ora bolas, quais são, afinal, os problemas de um *clientelchic*?

Em breve, todos nós soubemos, e não eram poucos.

— Tudo se resume numa palavrinha: crédito — foram estas as primeiras lamentações dele. — Eis aí a questão: sem crédito, a coisa não funciona. Nossos irmãozinhos atacadistas fazem-me toda sorte de exigências, mandam esperar, coçam a cabeça, querem saber coisas: quem sou eu? pra que isso? por que aquilo? Olham-me no rosto como se eu fosse um *ganef*. Prometem, mas não dão certeza. Talvez amanhã, quem sabe?

No entanto, como tudo passa, essa fase tormentosa também passou. Graças a meu pai, que foi o avalista, e graças à orientação segura de Avrum, um velho e tarimbado *clientelchic*, *shif-brider* de minha mãe, finalmente, tio Iossl conseguiu uma quantidade razoável de artigos e mercadorias. Encheu a sua velha mala de viagem e lançou-se ao trabalho.

Naturalmente, acolheu do Avrum todos os conselhos necessários, que, por sinal, não foram poucos.

Cuidado com os fiscais, eis um dos avisos mais insistentes.

— Você tem de disfarçar a mala, entende?

— Disfarçar, como? Uma mala desse tamanho, só se enfiar no traseiro.

Avrum, sem perder a serenidade, ficava sorrindo, puxando o chapéu para o lado; desviava os olhos para o meu pai, com ar de quem duvida do estado mental do outro.

— Vá brincando, amigo, vá brincando! A coisa é mais séria do que pensa. Um dia eles o agarram.

— Eles, quem?

— Naturalmente os fiscais. Fuja! Fuja deles como se foge do anjo da morte.

— Bem, e se eu cair nas mãos de um, que devo fazer?

— Em primeiro lugar, você precisa ter certeza.

— Como é que vou saber?

— Saber, poucos sabem. Na dúvida, o melhor mesmo é dar no pé. Não dando tempo, é aconselhável bancar o idiota. Dá certo, às vezes. Nesse caso, é bom ser um idiota surdo e mudo. Porém, se tiver de falar, misture *idish* com polaco, polaco com russo. Se, no final, ainda assim não adiantar, aí então, meu caro, só lhe restará uma saída.

Nesse ponto, Avrum, o velho e experiente *clientelchic* de cuja sabedoria ninguém duvidava, assumiu um ar desconsolado.

— Compreendam bem o que lhes vou dizer. Com bandidos, nunca se discute moral. Eles entendem uma única coisa: dinheiro. Dê-lhes dinheiro e o assunto está encerrado.

— Espere aí! — pulou tio Iossl, feito um galo de briga. — Você, por acaso, está sugerindo que eu suborne fiscais?

Um grande silêncio pesou entre os homens.

— Por que me olham assim? Pra que me chamaram? Para dizer as coisas como são ou como deveriam ser, hein? Enfiem isso na cabeça: ganhar *parnusse* é uma batalha muito séria.

— Mas vem cá, Avrum, não existe outro jeito? É tão difícil tirar uma licença?

— Pro diabo com a licença. Vocês não entendem mesmo nada. Para aqueles malditos fiscais, com ou sem licença, há sempre de faltar um papel. O que eles querem é dinheiro.

A partir daí, a discussão pegou fogo. Voaram argumentos de um lado para outro. Exausto, derrotado, o conselheiro entregou os pontos, gemendo:

— Afinal de contas, que querem vocês de mim? Acho que estou perdendo o meu tempo.

— Por favor, Avrum, não se ofenda — interveio prontamente meu pai. — Estamos apenas discutindo.

Avrum pôs-lhes demoradamente os olhos, como quem procurasse avaliar um par de espécimes raros, e, após um encolher de ombros, disse:

— Está bem, está bem. Só quero saber uma coisa.

—. Diga, Avrum.

— Quero saber em que raio de mundo vivem vocês?

Bem ou mal, com altos e baixos, de um jeito ou de outro, tio Iossl vai levando esta vidinha de *clientelchic*. Freqüentemente, quando meu pai lhe pergunta como vão os *guesheften,* ele sacode a cabeça e responde, suspirando:

— *Tzures, bruder, tzures.*

9

Se existe alguma coisa que enche de satisfação a meu pai é quando me pega nos sábados de tarde, para estudar um trecho da *Torá*.

— Traga-me o *Humesh* — ordena-me, quase cantando.

Nessas horas, ele não fala, salmodia. Quanto a mim, uma vez preso nas suas malhas, não tenho outro remédio senão me conformar.

Sentamo-nos à grande mesa da sala, debruçados sobre o velho livro, e vou lendo em voz alta, com breves interrupções para que ele possa explicar-me o sentido de um ou de outro versículo. Gostaria de fazer de mim um bom judeu que amasse a sabedoria e a verdade que emanam da *Torá*.

— Atrás de cada palavrinha, se esconde um grande significado.

De quando em quando, ele se levanta e, através da janela, perscruta o céu à procura de uma estrela. A primeira estrela que há de anunciar o fim do *Shabat*. A ansiedade dele, em grande parte, está ligada ao cigarro que só acende ao cair da noite. Torna a sentar-se e manda-me repetir.

— Entendeu?

— Sem dúvida — respondo.

— O que importa aqui é o sentido moral.

É quase sempre a mesma coisa; para lhe agradar, pergunto:

— Que pensa disso o nosso mestre Rashi, pai?

Está claro que o meu súbito interesse pelo que pensa o ilustre mestre, ai de mim, não é dos mais sinceros. Feita, porém, a pergunta, acabo por me envolver, acabo mesmo me interessando, discuto, contesto, exponho o meu notável ponto de vista. Agarro-me a qualquer coisa. Agarro-me com unhas e dentes. Quero deixar bem claro, modéstia à parte, que também tenho a minha opinião.

Justamente neste sábado, o capítulo que se lê na *Torá* trata da história de José, no Egito, durante o período em que este serve a Potifar, oficial do faraó. E, em minha leitura, chegando ao ponto quando a mulher de Potifar diz a José: "Deita comigo", um súbito sinal de alarme fez-se ouvir claramente em minha cabeça. Entrei a prestar mais atenção. Essa firmeza, esse controle demonstrados pelo jovem filho de Jacob, me despertam suspeitas. Como foi que o diabo do rapaz resistiu a um convite tão tentador?

— Duvido — manifesto-me em voz alta.

— Duvida do quê?

— Acho que o livro não nos contou a verdade.

— Ora essa! Por que não havia de contar?

Sorrio, malicioso. Mas ele, sem perder a paciência, como se estivesse tratando com um adulto, um seu igual, abre-se num longo discurso. É um discurso entremeado de citações talmúdicas, comentários do Rashi, do Maimônides.

— Não, a *Torá* não deixa de narrar os fatos como realmente foram. Veja, por exemplo, o caso de Reuben e Bila, e o caso de Iehuda e Tamar.

É claro que não vejo nada, mas sei do que ele está falando.

— Se, no caso deles — conclui meu pai —, todos adultos, maiores de idade, o Livro não se esquivou de pôr às claras os pecados que praticaram, com maior razão, não deixaria de fazê-lo com José, ainda um garoto.

Sinto-me miseravelmente vencido. Digo-o assim porque, no fundo, bem no fundo, a consciência não me larga. Eu, perto de José, não passo de um pústula. Ora, se o caso fosse comigo, não teria fatalmente entregue os pontos? E a nossa história? Ai de mim, até mesmo ela, por culpa minha, talvez seguisse outro rumo. Teria eu, como o José, forças para resistir aos encantos da bela egípcia?

Nisto, soa forte a campainha, desfazendo toda a minha ordem de pensamentos. Lá da entrada, já se ouvem as vozes de meus tios:

— *A gute voh! A gute voh!*

10

— Qual o filme, Arele?

É sábado e a grande noite está começando. Dirigimos nervosamente nossos passos para o cinema, a poucas quadras de casa. Meu Deus, na rua de noite, sozinhos! Quem diria? Há menos de um mês, tudo não passava de um sonho. E agora, aqui estamos, respirando o ar noturno, mirando as estrelas, livres, totalmente livres.

Quando, pela primeira vez, ousei tocar no assunto, o meu pessoal nem quis saber de conversa. O único que teve a coragem de, naquela ocasião, me apoiar, foi o tio Iossl. Mas meu pai cortou-lhe imediatamente as asas com uma de suas habituais frases. Uma frase curta e incisiva:

— Não se meta.

— Como, não me meter? Sou o tio dele — retrucou tio Iossl, ofendido.

Tia Dvoire, que andava ali por perto, ainda tratou de reforçar a dura admoestação do meu pai.

— Isso mesmo, Iossl, não se meta aonde não é chamado.

— O garoto já é um homem — gritou meu tio e saiu batendo a porta.

Confesso que a observação dele, naquele momento, me fez estufar o peito, cheio de orgulho. Deu-me ânimo. Ânimo para continuar a minha campanha. Sustentei-a firmemente por vários dias, até chegar à vitória final. De modo que já posso — nas noites de sábado — sair. Tenho passaporte livre, mas, bem entendido, só até às doze badaladas.

E aqui vamos, eu e Arele, metidos em nossos melhores trajes, caminhando a passos largos. As ruas se apresentam quietas, cheias de sombras, misteriosas. O ar está carregado de estranhas fragrâncias.

Debaixo da marquise, que já se encontra iluminada, homens e mulheres conversam, riem, admiram os cartazes. Aguardam o início da sessão.

Comprados os ingressos, metemo-nos no saguão, que, aos poucos, começa a ficar cheio. Junto do balcão, alguns freqüentadores bebericam refrescos, fumam seus cigarros. Temos a sensação de que estamos vivendo uma estranha aventura.

Arele enfia as mãos no bolso, e nos olhos tem um brilho estranho. É aquele brilho que se vê nos olhos dos homens da Legião Estrangeira (*Beau Geste*, provavelmente). Ele agora fecha um deles, contrai os lábios e franze a testa.

— Pombas! Você se parece com o mocinho lá do filme!

— Qual nada! Sou assim mesmo.

A pose dele é digna de um Gary Cooper. Com o corpo meio inclinado, encosta-se na parede, apoiando nela um dos sapatos. O homem que toma conta do balcão solta um berro:

30

— Ó menino, tira as patas daí.

As patas, ditas assim, não o tocam tanto, mas esse "ó menino" é de desmoralizar. Arele me diz entre-dentes:

— Não sei por que não arrebento esse cara.

11

Era nova em nosso bairro, e, portanto, uma novidade. Seus pais, os *arguentiner*, conforme passaram a ser chamados, quando nos referíamos a eles, haviam alugado a parte de cima do sobradinho em frente de casa. Sem dúvida, uma garota atraente, que começava a causar certo rebuliço entre nós.

De minha janela eu podia ver como alguns dos nossos conhecidos galãs (sempre houve galãs em nossa rua) paravam na calçada e, de algum modo, lhe procuravam atrair a atenção. A certa hora, geralmente no finzinho da tarde, ela costumava sair para o balcão, onde permanecia algum tempo, distraída, olhando para a rua. Já a partir daí, urubus ávidos ficavam circulando no local.

Tinha cabelos compridos e lisos, olhos azuis bem claros e umas engraçadas covinhas nas faces. Mas o que, creio eu, estava impressionando a todos nós era a cor incrível de seus cabelos, um loiro forte, que, à luz do dia, se tornava brilhoso como seda.

No entanto, por mais que os habilidosos galãs procurassem atrair-lhe a atenção, ela parecia não estar ligando para nenhum deles. Sua fama crescia cada vez mais, e os comentários começavam a se fazer ouvir em toda parte.

— Acho que é muito orgulhosa — disse-me Arele, numa de suas brilhantes conclusões, quando nos dispusemos a conversar sobre o assunto. — Que é que você me diz?

— Sim, um tanto orgulhosa.

— Pois preste atenção no que digo: com essa, ninguém vai tirar qualquer casquinha.

Acenei a cabeça, dando-lhe inteira razão. Até aquele momento, pelo menos, ninguém realmente o havia conseguido. E isso já era uma tremenda provocação.

— Reconheço a galinha pelo bico — continuou ele, insistente — e, pelo bico desta, sei que não vai deixar tão cedo nenhum galo lhe pular em cima.

Acenei novamente a cabeça, concordando, mas no íntimo não pude deixar de refletir que não seria por falta de galos.

12

Entrego à tia Dvoire o embrulho que contém os *milheque-latques* preparados por minha mãe (afinal, estamos em *Shavuot*). Sigo-a através do corredor. Tio Iossl está acamado há vários dias. Diz ele que não é nada sério, apenas umas férias. Um *clientelchic* tem também esse direito, diz ele.

Apesar da alegria com que me acolhe, vejo-o abatido, com olheiras, faces pálidas.

Sento-me na cama. Ao me ver tão sério, me pergunta:

— Como vão as namoradas? — e, rindo, completa: — Na tua idade, tive tantas que perdi a conta.

O riso de meu tio enche o pequeno espaço do quarto. É uma coisa impressionante o riso dele. Mas, pelo que sei, seus negócios não vão lá nada bem, e motivo mesmo não há para estar rindo assim.

— Não acredite em nenhuma das palavras desse maluco — diz tia Dvoire, saindo do quarto.

— Maluco, eu? — os olhos de tio Iossl brilham cheios de malícia. — Lá no meu velho *Shtetl*, andei metido numas boas aventuras. A propósito, já contei a você o meu caso com a cigana? Não contei? Ah, meu Deus, que cigana selvagem!

Tio Iossl é um narrador excepcional. Quando se encontra inspirado, é capaz de contar casos, horas a fio. Mas, desta vez, pouco falou. Alguma coisa o perturbava. Em seu olhar distraído havia pensamentos distantes.

— Em que pensa, tio?

13

O som do gongo, macio, redondo, como que vindo de outras esferas, se espalha no ar. Apagam-se as luzes. Projetam-se na tela as imagens do *Jornal Movietone*.

Um casal de retardatários se enfia em nossa fila. O homem, um militar fardado, desaperta o seu cinturão, põe-se à vontade e, em seguida, passa o braço sobre os ombros da mulher, um tipo de amplos e fartos seios.

Impacientes, vamos assistindo ao interminável "Complemento Nacional". Depois, vêm os *trailers*, os desenhos; afinal, o filme. Na tela, surge o grande rosto de Betty Davis.

Mal iniciadas as primeiras cenas, recebo de Arele uma leve cutucada. Olho para o lado, e o que vejo? Nosso vizinho miliciano, empenhado numa complicada manobra. A mão dele está toda oculta debaixo do vestido, e dá para notar como se move aqui e ali apertando o cerco. A que estava pousada por cima do ombro começa a descer. É uma operação lenta, cuidadosa, na qual se vão pelo menos uns bons quinze minutos.

Grande expectativa. Betty Davis, sentada num trono, conversa com Errol Flynn, e seus grandes olhos dizem claramente que o ama. A operação prossegue agora nos dois *fronts*. Nosso combatente investe cada vez mais, prestes a derrubar a muralha. A mulher sacode a cabeça de um lado para outro, afunda na poltrona deixando escapar um suspiro mais forte, mal contido, longo, quase um lamento.

O filme, bem diferente de todos a que já assistimos, chega ao seu trágico final. O público se levanta. Saímos quietos, muito pensativos.

As ruelas por onde passamos estão vazias. O único som que se ouve é o dos nossos passos. Lá no alto, a lua desaparece por detrás de uma nuvem, deixando a noite mais escura.

14

Iossl, o *clientelchic*, toma bem cedo o trem para o subúrbio. Desce numa das estações.

Eta mala pesada! Cumprir o conselho não é nada fácil. "Procure um lugar distante, bem distante", disse-lhe Avrum. Sobe morro, desce morro. À procura do quê, meu Deus? O *clientelchic* terá também o seu Eldorado?

A estrada é interminável. O sol está forte. Na boca, um gosto de pó. O suor escorrendo.

Diante dele, ao longe, já se vai avistando um povoado. Estranho lugar, perdido no mundo.

Bem, vamos ao trabalho. Como é mesmo que se diz? Um vestido bonito, dona? Que tal uma bela "sombrinha" para o verão? Ou um colar? Vende-se a felicidade. Quanto vale? Poucos mil-réis, dona, aproveite.

Iossl acerca-se de um dos casebres. Bate palmas. Ouvem-se latidos. Vira-latas acorrem, arreganhando suas presas afiadas.

Pouco acolhedores. Talvez seja melhor dar o fora. Um *clientel-chic* não costuma perder tempo. Como dizem, *time is money*.

Crianças correm na rua, erguendo à sua volta nuvens de pó. Duas meninas param e se aproximam curiosas. Cutucam-se quando o vêem pousar aquela grande mala no chão. Do lado, uma mulher aquieta em seus braços uma criança que não pára de chorar.

— É o russo da prestação — diz ela rindo.

Iossl acena-lhe o chapéu.

— Mãe, o russo tá aí — gritam as meninas, para dentro de casa.

Ele olha, preocupado, em direção da esquina. Pode surgir um fiscal. "Mesmo no fim do mundo, não se descuide dele." Os conselhos de Avrum ecoam-lhe na cabeça, atropelam-se uns por cima dos outros. Tire um cartão, anote o nome do cliente. O sinal, as prestações. Cuidado. Evite o *shvoc*. O *shvoc*, você reconhece pelo nariz. Não me pergunte como. Certeza nunca se tem. Um nariz que funga muito, dá para desconfiar. O que abana demais, o que aceita depressa, recue dele, você está correndo perigo.

Aquelas duas meninas agora saem de casa, puxando a mãe, ao encontro do vendedor. Iossl começa a ladainha. A mulher não diz nada, apenas vai abanando a cabeça. Ele revira o estoque, tira um vestido, enaltece-lhe as qualidades, a beleza da cor.

— Qual o preço, moço?

Ao anoitecer, estrelas surgindo no céu, ele volta à estação. Olhos fundos, suado, moído.

— Avrum, Avrum, que é que não se faz por *parnusse*?

15

Que me dizes, avozinho?

Meus dias se desvanecem como fumo. Meus ossos ardem como brasa. Meu pão é como cinza. Minha bebida é como lágrima. Meu ser é como um sopro.

Minha vida passa como uma sombra.

16

Arele mora numa das casas da vila em frente ao Colégio de Freiras. Ao entrarmos, damos com o pai, metido numas velhas chinelas, diante duma longa mesa, recortando moldes de papel, enquanto vai cantarolando, baixinho, uma melodia *idish*. O alfaiate volta-se para nós com um ar de indiferença; depois, torna a concentrar-se no trabalho. É um homem de estatura baixa, rosto magro, com uns óculos pendurados na ponta do nariz.

Num canto, perto da janela, Sheine, a irmã de Arele, pedala furiosamente sua máquina de costura. O rosto é longo, coberto de espinhas; duas tranças compridas descem-lhe pelas costas. Sheine é seis anos mais velha do que Arele. Com a mãe doente, fora tirada muito cedo da escola para ajudar na alfaiataria. Agora praticamente toma conta de tudo.

— Você andou mexendo na minha *Cena Muda* — diz ela para Arele, quando nos vê entrando. Agarrada às suas revistas, contou-me o meu amigo, não admite que ninguém as toque.

— Que *Cena Muda*? — indaga Arele.

— Não me venha com esta cara de anjo.

Nisto surge arrastando-se com algum esforço uma mulherzinha baixota, fraca, pálida, fazendo um grande alarido. É a mãe doente de Arele. Tem um ferro quente na mão e uma toalha enrolada na cintura.

— Oi *gvald, gvald,* minhas comidas estão queimando.

Ela se arrasta em direção da cozinha, derrubando no caminho caixas de papelão. Sheine larga o que está fazendo e corre atrás dela.

— *Mame, mame.*

Arele encolhe os ombros, agarra-me no braço e me puxa para o fundo do corredor, em direção do seu quarto, um minúsculo espaço que também serve como depósito.

Tínhamos combinado estudar os pontos de Matemática. Mas, Arele se encaminha calmamente para um caixote e retira dele uma revista de capa colorida.

— Que é que você acha desse sujeito? — aponta-me uma foto de Clark Gable. — Aqui diz que, quando ele mete os olhos numa mulher é tiro e queda. Só queria saber como é que é o negócio.

Por mais que examine a foto, não vejo como. Lá está o famoso galã atracado a uma moça, muito jovem, muito bonita, olhando para ela fixamente, como se quisesse devorá-la.

— Veja só o que está escrito. Duelo do sexo!

Agora, sim, as coisas se complicam.

— Sacou?

— Não.

— Sexo.

— Sexo?!

Um calafrio passa-nos pelo corpo. Mais adiante batemos os olhos em Ann Sheridan. Do fundo da revista, ela nos contempla, misteriosa; seus lábios grossos, entreabertos, nos enviam uma mensagem delirante.

Viramos depressa a página e damos com o grande Gary Cooper, metido numas roupas folgadas de *cowboy*. O chapelão preto faz-lhe sombra sobre os olhos.

— Que filho-da-mãe! Se eu tivesse essa cara! — diz Arele seriamente.

17

Vejo-a hoje de novo na rua. De fato, é uma garota diferente das outras. O que mais me agrada nela, como já disse, é o cabelo. Tem pernas finas e ainda não se vêem os seios, ou talvez sim, mas acho que não penso muito nas pernas nem nos seios dela. Só no cabelo.

Com respeito aos seus pais, esses *arguentiner* de quem ainda bem pouco se sabe, ouço lá em casa um ou outro comentário. Na verdade, meras repetições do que se anda falando em toda parte. Segundo um deles (versão não confirmada, fez questão de reconhecer tia Dvoire), os *arguentiner* teriam fugido de algum lugar perto da fronteira, talvez por causa de uns negócios escusos; contudo, conseguiram trazer algum dinheiro, que deve estar muito bem guardado. Conforme outra versão (versão mais aceitável, sustenta meu pai), trata-se de gente fina, pertencente a uma dessas famílias tradicionais, radicada há muitos anos na América (não pensem que não tivemos judeus na América desde Colombo, diz meu pai), mas que, vítima de uma trama anti-

-semita, acabou perdendo tudo, propriedades e dinheiro, e teve de sair para fixar-se aqui no Bom Retiro. Pelo jeito de tio Iossl balançar a cabeça, está claro que ele tem as suas dúvidas.

Em resumo, fala-se muito desses *arguentiner*, mas, na verdade, ninguém está certo de nada.

Para mim, quanto mais cresce o mistério, mais aumenta o meu interesse pela pequena.

18

Parado debaixo do beiral de um informe barraco à beira da estrada, Iossl aguarda a chuva passar. Seus olhos se estendem por um lamaceiro sem fim.

— Que diabo de lugar! — reflete, desolado. — Que me diria, por exemplo, o Avrum?

— Qualquer lugar é bom pra "bater" *clientele*. Mesmo no azar deve-se ter um pouquinho de sorte.

— Mas, Avrum, que me dizes dos fiscais?

— Fiscais? Hum... Com esse tempo? Não tem perigo.

— Não tem mesmo?

— Bem, talvez.

— Como, talvez?

— Talvez.

A chuva cai, sem esperança.

— Melhor é esperar, já me molhei demais.

Relâmpagos riscam a cinzenta vastidão do céu, a todo momento.

Nisto abre-se uma portinhola, donde surge, como por encanto, a cabeça de um menino.

"Até que enfim, encontro gente", conforta-se Iossl com o pensamento, e, já animado, dá-lhe uma piscada. O garoto não tira os olhos de cima dele. Iossl move as orelhas, faz uma careta; depois, como querendo acertar uma bola, desfere um pontapé na cortina formada pela chuva. A manobra surte efeito: o menino põe-se a rir.

"Obrigado, meu Deus, muito obrigado, então este é o primeiro cliente que me mandas?", medita, olhando para a figura esfarrapada que tem diante de si.

A mala encostada à parede, atrai a atenção do menino.

— O que tem aí?

— Muitas coisas.

— Pra vender?

— Sim.

— Vende pra minha mãe.

O garoto o agarra no braço, procurando atraí-lo. *Tzures!* O diabinho vai me trazer problemas.

— Não, fica para outro dia.

Mas ele não o larga. Iossl não sabe o que fazer. Por fim, entra.

O interior está às escuras. Goteja em alguns pontos. O vento sibila pelas várias frestas. O assoalho de tábuas velhas range a seus pés.

— Quem tá aí? — pergunta uma voz trêmula.

Iossl distingue, num dos cantos, o vulto magro de uma mulher, deitada num catre baixo e escuro.

— Sou eu, dona, um vendedor.

Tzures, meu Deus! Aonde fui me meter?

— Tou doente, moço.

Oi Tzures, tzures.

— Vende pra ela — explodem os gritos do menino.

— Tou doente, moço. Não me dá um dinheirinho?

Oi Tzures, tzures. Oh, meu Deus, tu bem sabes que ainda não fiz jus a um mísero tostão.

Iossl saca uma moeda do fundo do bolso, lança-a às mãos do menino, e, apanhando a mala, sai correndo para o meio da chuva.

19

Que me dizes, avozinho?
O tempo de minha oferta já passou.
Oh, quem me dera o repouso!
Esgotei-me de gemer, de orar a noite inteira.
Abre-me a porta.
Minha cabeça está coberta de orvalho.
Meus cabelos estão molhados do rócio da noite.

20

— Olhe só esse material! — Arele não se contém quando uma dona, cheia de curvas, passa no meio do saguão, apinhado de homens e mulheres.

Com os olhos, vamos seguindo seus movimentos. Ela caminha até o balcão, compra um grande tablete de chocolate, quebra-o em duas partes e enfia a menor na boca. Rebolando o enorme traseiro, torna a passar por nós, com o ar triunfal de quem sabe muito bem que é o grande foco das atenções.

A primeira coisa que eu e Arele fazemos quando nossa atenção se vê despertada por uma mulher, é logo compará-la a alguma famosa estrela.

— Ela tem o tipo da Ginger Rogers — diz Arele, mas logo ele mesmo se corrige: — Não, de jeito nenhum, a Ginger Rogers é loira, ela é mais Hedy Lamar.

Não havendo, porém, nada em comum entre uma e outra, corrige-se novamente.

— Já sei, é a Rita.
— Que Rita?
— A Rita Hayworth.

Não desejo discutir com ele, mas, sinceramente, a última foto que vi dela, ajoelhada, busto gloriosamente empinado, cabelos soltos, a exibir seu sorriso cheio de malícia, não me deixa muito convencido quanto à semelhança.

Soa o gongo. As luzes vão-se apagando. Corremos para ocupar os nossos lugares. Logo que o prefixo sonoro do Jornal rompe no ar, o público se aquieta.

Alguma coisa chama a atenção do meu companheiro. Um tanto nervoso, procura me transmitir, mais com mímica do que com palavras. Incrível! Sentada do lado dele, a Rita Hayworth! Esparramada na poltrona, mastigando seu chocolate, aí está em carne e osso; dá até para aspirar a colônia que usa. O decote deixa-lhe ver o sulco inicial dos seios. Seios brancos e duros, espetando o vestido.

Acima de nossas cabeças, flui o enorme rastro de luz do projetor. Na tela o Gordo e o Magro discutem por causa de um travesseiro idiota. Rita Hayworth continua imperturbável, mastigando seu chocolate. Excitados e comovidos, não despregamos os olhos dela. Seus joelhos, graças a umas dobras da saia, se descobrem de quando em quando, deixando entrever um bom pedaço das coxas.

Olie decide afogar-se porque a mulher dos seus sonhos lhe deu o fora. "Não seja burro", diz-lhe Stan. "Burro? Como? Jamais fiz coisa mais nobre na minha vida", responde Olie. O público estoura de novo numa gargalhada, e nisto surge perante nossos olhos a parte oculta de ambas as coxas, ai de nós, brancas como leite.

Daí por diante, Stan e Olie, embora continuem arrancando do público boas gargalhadas, não nos fazem mais sorrir. Para dizer a verdade, mal podemos acompanhá-los. Terminada a sessão, saímos em silêncio.

  Caminhamos pensativos. Longe, de alguma ruela deserta, chega-nos o latido de algum cachorro vadio, mas seu eco isolado logo se perde no fundo da noite.

21

— Não me venha dizer que estou remoendo velhos paradoxos — diz tio Iossl.

— E está, meu caro — retruca meu pai.

Sempre achei curiosas estas intermináveis discussões a que se atiram. Nelas, geralmente, tio Iossl procura colocar meu pai contra a parede. No entanto, as respostas de meu pai são firmes e se baseiam na tradição judaica, da qual não arreda pé. O debate prossegue num nível até certo ponto aceitável e bem comportado, enquanto não caírem em extremos. O que, na verdade, nem sempre acontece. Basta uma palavrinha mais forte de um ou de outro, e aí o caldo entorna.

Uma das questões que tio Iossl, volta e meia, joga na cara de meu pai (e o faz, creio eu, sem más intenções) diz respeito ao porquê dos pecados no mundo. Uma questão, como se vê, nada simples. Meu pai sorri e lhe dá as mesmíssimas respostas. Tio Iossl não se conforma e volta à questão, apenas variando as palavras e os exemplos.

Hoje de novo, de passagem pela sala, encontro-os envolvidos nesta contenda. Para surpresa minha, ainda estão bem calmos, cada qual respeitando o ponto de vista do outro.

— Vamos falar sério — diz meu tio. — Explique-me, com toda a clareza: por que cargas d'água Deus faz tanta questão da existência do mal?

Saio para a cozinha a fim de atender a um chamado de mamãe e acabo perdendo a resposta. Mas isso não muda nada. Ao voltar, um quarto de hora depois, encontro-os no mesmo lugar. Tio Iossl ainda encurralando meu pai.

— Dá pra entender, ao menos, por que padecem os justos? Quero que me explique, mas, por favor, não me venha com sofismas.

— Está bem, está bem — meu pai procura controlar-se. — Não vou repetir tudo outra vez. Você quer respostas precisas, mas para questões como estas, não existem respostas precisas. Rabi Ianai, na Ética dos Pais, já disse: "Não está em nossas mãos explicar o sossego dos maus nem o sofrimento dos justos". Lembra-se?

— Então, desse jeito, nunca se vai chegar a qualquer fato concreto!

— No que estamos de pleno acordo. Como é que você quer fatos concretos quando se trata de questões de espiritualidade?

— Pode me chamar de epicurista, mas a impressão que tenho é que a vida é exatamente o que parece ser: uma salada absurda do bem e do mal. Não passa de uma *mechigass*.

— Pronto, lá vem você com afirmações simplistas. Pura ignorância, meu caro!

— Ignorância?! Como?!

— Note bem: não estou me referindo à minha ou à sua ignorância. É a igorância do homem em geral. O homem ainda não entende. E não entende porque ainda não o merece. O que nos resta é a fé. A fé judaica: a fé de Abraão e de Moisés. Não podemos jogá-la fora, só porque não encontramos respostas para tudo. Agora você me entende?

— Não, não entendo — meu tio balança a cabeça, dando um suspiro.

— Ouça, Iossl: Deus vive, e nós somos o seu povo eleito.

— Mas, eleito pra quê? Pra sofrer?!

— Não, fomos eleitos para viver por ele e pela sua lei. O Eterno é um e uno o seu nome.

A estranha moderação com que ambos se tratam hoje me deixa um tanto intrigado. Em outras ocasiões, por muito menos, já estariam pondo a boca no mundo.

22

Nossa sinagoga é freqüentada, em grande parte, por judeus que vieram da Lituânia, os *litvaques*. Itzic, o nosso vendeiro, costuma dizer que eles são tão espertos que chegam a se arrepender mesmo antes de praticar o pecado.

— Gente muito boa — afirma meu pai. — Gente ilustrada na *Torá*.

— Na maioria, *captzonim* — acrescenta tio Iossl.

— Sim, talvez *captzonim*, porém, sábios.

Se fôssemos confiar nas opiniões de tio Iossl, não sobrava na face da terra ninguém com alguma virtude ou predicado. Meu pai tem outra opinião; para ele, ao contrário, não existem maus judeus.

— Veja, por exemplo, os *galitzianers* — diz tio Iossl. — Têm coração duro como pedra.

— Muito honestos — emenda meu pai.

— Por falar em honestidade, você já viu um *rumener* que não fosse *ganef*.

— Não existe gente mais alegre e cordial.

— Que me diz dos *poilishe*? São ou não são falsos?

— Falsos?! Bons maridos, bons pais, bons judeus.

Não vamos falar dos *ieques* (na opinião de meu tio, todos uns *meshugoim*) nem dos *sefardim* (não parecem judeus, diz ele) pois seria deitar lenha demais na fogueira.

Determinados dias do ano, que, aliás, não são poucos, meu pai me leva para a nossa sinagoga, a qual, como já disse, é freqüentada pelos *litvaques*. Haja o que houver, devo acompanhá-lo ;afinal, sou o primogênito, e o primogênito, o *bhor*, afirma ele, tem certas obrigações. É o que acontece hoje, nesta noite de *Slihot*.

Por volta das dez horas, saímos de casa e nos dirigimos apressados para lá. Largas sombras envolvem seus muros. Logo na entrada, encontramos *Reb Sender*, rodeado por um pequeno grupo, em animada conversa.

— Reb Sender — pergunta-lhe alguém —, existem mesmo demônios? Nunca os vimos por aqui.

— Ora, se existem! — responde, sério.

Como ainda é muito cedo, o grupo dispõe-se a arrancar-lhe mais uma de suas famosas histórias, essas histórias sobre *sheidim* e *taivlonim*. E ele não se faz de rogado. Se meu tio estivesse por aqui, diria provavelmente que os *litvaques* não passam de grandes *ligners*, e com franqueza não sei exatamente de que forma reagiria meu pai. Mas o fato é que não há nada mais interessante do que ouvir as tais histórias "diabólicas" de Reb Sender.

— Acreditem-me, este caso aconteceu em meu velho *Shtetl* — inicia ele, e seus olhos escuros se fixam em algum ponto acima de nossas cabeças. — Foi há muitos anos, numa noite de *Slihot*.

23

... depois da meia-noite, saíamos para a sinagoga. Dada a hora tardia, nosso *shames* passava de casa em casa, a bater nas portas, para que não perdêssemos os serviços.

Vivia em nossa aldeia uma jovem viúva. Ela morava só, e, naquela noite, querendo também recitar os *Slihot*, ficou acordada até tarde. No entanto, não resistiu e acabou cochilando.

Já no meio da noite, despertou com uma forte pancada na porta e a voz do *shames* que repetia lá fora o pregão: "Erguei--vos, ó filhos". Ainda meio tonta, envolveu-se no xale e saiu.

Logo à porta da casa, felizmente, deu com o vulto de um judeu. "Vai à sinagoga?" — indagou-lhe.

A aldeia toda estava adormecida. Um silêncio pesado reinava na rua. "Onde estarão os outros?", perguntou-se. "Não terão ouvido o *shames*?" Como se lhe adivinhasse o pensamento, o homem retrucou: "Já devem ter ido; estamos atrasados".

Ao chegarem à sinagoga, afora a chama de uma vela de cera que tremeluzia ante a Arca, o local estava todo imerso em trevas. Não havia viva alma. Aflita, a viúva subiu as escadas em direção do balcão das mulheres, mas também ali não havia ninguém. "Terei chegado cedo demais?", interrogou-se.

Lá, debaixo, os olhos do homem a seguiam atentamente. Eram olhos negros como a noite. Nisso, os braços dele se ergueram e começaram a crescer; seus dedos longos, descarnados, já estavam a ponto de tocá-la. Num grande esforço, ela moveu os lábios, gritando: *Shmá Israel*. Desprendeu-se do banco, venceu a escada, e, apesar do desespero de que estava possuída, correu, correu até chegar em casa. Trancada a porta, ainda trêmula, murmurou: "Oh Deus, tu me livraste das garras de um demônio".

Nesse instante, o relógio da aldeia bateu a meia-noite. "Aí está" — pensou a viúva. — "Eu devia ter visto logo; era muito cedo para a ronda do *shames*". Sentou-se e tratou de ficar à espera, bem acordada.

Passado algum tempo, de novo ouviu-se o pregão do *shames*: "Erguei-vos, ó filhos". Sim, ela o escutara. Mais do que depressa, envolveu-se no xale e saiu.

Várias pessoas deixavam suas casas, ainda sonolentas, esfregando os olhos. Envolto nas sombras, seguia alguém, levando debaixo do braço um livro de rezas. "Não se incomoda" — pediu-lhe a viúva — "se formos juntos?" O homem assentiu, com ar piedoso, e, enquanto caminhavam, a mulher lhe foi contando tudo o que se passara. "Demônio?!", exclamou ele, incrédulo. "Que Deus me castigue se estiver mentindo", ela retrucou. "E os braços dele se elevaram tanto assim?!", manifestou-se de novo o acompanhante, e fez um gesto, erguendo seus próprios braços. Do meio das trevas, eles começaram a crescer, a crescer. Pois é, meus irmãos, lá estava de novo o demônio! Ela quis gritar, mas a voz morreu-lhe na garganta. Movendo os lábios, balbuciou: *Shmá Israel*, e se pôs a correr desesperadamente em direção da sinagoga. Por sorte dela, a esta altura, a Casa de Deus estava apinhada de gente. A viúva tratou logo de meter-se entre os fiéis, e, finalmente, sã e salva, erguendo os olhos para o Criador, recitou as preces das penitências.

24

— Mas, Reb Sender, essa história é verídica? — pergunta-lhe um dos ouvintes.

— Verídica?! Claro, me foi contada pela própria viúva.
— E, antes que nos dispersemos, adverte seriamente: — Cuidado, meus irmãos, muito cuidado. Os demônios andam soltos por aí.

25

Que me dizes, avozinho?

Pecamos, traímos, roubamos.

Usamos linguagem vil, cometemos iniquidades, praticamos o mal.

Pecamos intencionalmente, violentamos, forjamos falsidades.

Mentimos, escarnecemos, aconselhamos a fazer o mal.

Blasfemamos, transgredimos, faltamos à fidelidade.

Oprimimos, somos obstinados, agimos impiamente.

Corrompemos e procedemos com abominação.

Desencaminhamo-nos e desencaminhamos*.

* Prece da Penitência.

26

Numa ruela estreita, descuidada, sem calçamento, em que se aninham alguns casebres sujos da lama das últimas chuvas, Iossl caminha, arrastando sua mala. Os sapatos afundam numa poça. Há o desequilíbrio, o escorregão, e lá se vai ele, voando feito um pássaro assustado. *Plaft.*

— Ei moço, machucou-se? — atira-lhe a pergunta uma mulata (uma *mulatque*, como diria Avrum), debruçada no pequeno vão duma janela, mais precisamente uma abertura sem vidro, da qual pende uma rústica portinhola de madeira.

Iossl levanta-se a custo, sacode a roupa, procura limpar as partes mais atingidas e, depois, responde com um resmungo.

— *Shvartz ior.*

A mulata é um tipo de olhos grandes e negros, com um sorriso espalhado pelo rosto.

— Não se machucou? — volta ela a indagar, solidária com o infortúnio do outro. — O senhor vende vestidos?

— Vestidos?

— É dia de meus anos, sabe? Meu homem me prometeu um, de presente.

Iossl mal acredita no que ouve; olha para ela, hesitante.

— Não é o gringo da prestação?

Em que parte maldita deste meu rosto está escrito que sou o gringo? E o que importa isso, idiota? Você tem aí uma fregueza. Despache-se logo, imbecil.

— Sim, sou o gringo da prestação.

27

Escuto vozes que vêm lá de fora. Pulo da cadeira e, me aproximando da janela, dou uma olhada.

Cai a tarde. Numa gritaria confusa, os garotos correm atrás da bola de meia, chutando-a de um lado para outro. Seu Rodrigues, o carvoeiro, vai empurrando sua carrocinha, de volta para casa. Balançando o cesto cheio de rosquinhas, Simão, o filho do padeiro, passa apregoando: *"Beiguelah, Beiguelah"*.

Pouso os olhos no balcão. Lá está a loirinha, distraída, olhando para a rua. Seus olhos estão sempre pensativos. Há neles uma silenciosa tristeza. Com que será que estão sonhando? Não terão ainda descoberto esses meus olhares furtivos, mal disfarçados?

Às vezes, tenho a impressão de que ela se vira para mim e se dá conta de minha presença. Mas, justamente quando mais preciso ficar atento, perco toda a coragem e desvio os olhos para outro lado.

Por que será que me vem à cabeça o *Cântico dos Cânticos*, esses versos que um dia estive lendo: "As flores já despontam no campo, chegou o tempo do gorjeio dos pássaros, a voz da rola já se faz ouvir em nossa terra"?

Por cima da velha torre da Estação da Luz, o céu vai-se colorindo de um tom vermelho. As luzes de algumas casas começam a acender-se, e a rua toda se vai diluindo nas sombras. O rádio do vizinho traz-me uma canção cheia de lamentos.

— Ai, ai, ai, ai.

28

Eu estava aquela tarde em casa, quando irrompeu na sala a italiana, com o filho menor no colo e os outros agarrados à sua saia. A mulher chorava e ria, ao mesmo tempo.

— Mas o que foi que aconteceu, Rosa? — perguntou-lhe espantada minha mãe.

A italiana não sabia por onde começar. Mamãe a fez sentar-se, correu para a cozinha e trouxe-lhe um copo d'água com açúcar. Já mais calma, contou que recebeu uma carta do marido. Ele lhe havia mandado dinheiro. Tinha arrumado um emprego no campo, e, dentro de pouco tempo, viria buscá-la, com toda a família.

— É um bom homem — não parava de repetir. — Não é como disseram. Ele é um homem decente. Meu Giovanni foi-se embora porque não agüentava mais ver os nossos filhos passando fome.

Sua voz descontrolada soava alto, e as lágrimas lhe escorriam pelas faces. Minha mãe, que compartilhava sinceramente aquela felicidade, não conseguia conter-se e, a cada momento, a interrompia, soltando exclamações. Era realmente uma coisa engraçada a língua de que ambas se utilizavam, uma mescla de italiano, *idish*, hebraico e português. Mas entendiam-se bem.

— Eu sabia, Rosa, eu sabia — repetia-lhe baixinho minha mãe.

As crianças, largadas no meio da sala, olhavam assustadas para o rosto da mãe. Não podiam compreender por que ela chorava.

— Ninguém mais vai dizer que esses *desgraciados* não têm um pai.

De noite, à hora da ceia, quando minha mãe acabou de contar o caso todo para o meu pai, este balançou a cabeça, um tanto cético. Ela, porém, deu um suspiro e acrescentou:

— Quando coisas assim acontecem, nem tudo está perdido.

29

Outro dia, quando se travou na sinagoga uma longa discussão sobre as coisas que iam no mundo, Reb Sender meteu sua colher.

— Os culpados são os filhos da diaba.

Ninguém se surpreendeu com o comentário. Já o conhecíamos muito bem para saber que lá vinha uma daquelas histórias sobre *taivlonim*. E não deu outra.

— Temos ainda tempo para o *mairev*? — perguntou, esfregando as mãos. — Pois bem, vou-lhes contar como foi que a coisa começou.

Pelo menos, suas palavras tiveram o condão de esfriar as cabeças e de dar um fim àqueles debates inúteis.

— Como todos sabem — iniciou ele —, Satã, quando quer lançar sua rede, pode dar aos seus enviados formas surpreendentes, até mesmo a forma de uma linda mulher.

30

... há muitos anos, morava em nossa aldeia um artesão com sua esposa e filhos. Todos o conheciam como fiel cumpridor dos mandamentos da Lei. Tinha a aparência de um homem piedoso, mas a verdade é que, secretamente, vivia em pecado com uma diaba. Essa diaba, tão matreira quanto formosa, o havia enredado de tal modo que lhe acabara dando uma prole como a da própria esposa.

Uma noite de *Pessah* aconteceu que, estando o artesão sentado com a família a comemorar o êxodo do Egito na forma tradicional, ergueu-se de repente e, sem nenhuma explicação, saiu de casa.

A esposa, assombrada, olhando pela janela, viu o marido dirigir-se à oficina. Seguiu-o às escondidas e foi espiar pelo buraco da fechadura. E o que viu? No centro, uma mesa, como preparada para uma festa: copos de prata cheios de vinho, e travessas com finos manjares. Deitada num divã, estava uma formosa mulher, e, do lado dela, o artesão, seu marido. Chocada com o espetáculo, afastou-se.

Ao amanhecer, a esposa correu ao Rabi; debulhada em lágrimas, contou-lhe o que vira. O Rabi, sem perda de tempo, mandou chamar o pecador e submeteu-o a um cerrado interrogatório. Este, afinal, muito acabrunhado, acabou admitindo que vivia sob os encantos de uma diaba em forma de mulher e não sabia como livrar-se dela. O Rabi compadeceu-se do pobre homem e lhe deu um amuleto, no qual vinha gravado o Inefável Nome, em idioma sagrado. "Vai em paz", disse-lhe, "daqui por diante, os poderes da diaba não terão mais efeito sobre ti".

E foi assim, meus irmãos. O artesão não mais sentiu qualquer pendor pecaminoso e livrou-se, para sempre, da maldita — ou, pelo menos, assim julgou.

Anos mais tarde, quando ele jazia em seu leito de morte, a diaba, porém, reapareceu-lhe inesperadamente. "Que farei agora com meus filhos?", lamentou-se ela. Mais bela e sedutora do que nunca, envolveu-o nos braços, e o infeliz, apesar de agonizante, sentiu renascer o antigo amor. Aproveitou-se disso a diaba e fê-lo prometer que os filhos dela partilhariam de sua herança. E, deste modo, o homem acabou concedendo a eles os aposentos inferiores da casa.

Após a sua morte, passaram-se vários anos. Uma guerra sangrenta (que guerra não o é?) devastou o mundo. Pereceram todos os filhos humanos do pecador, e a casa passou para as mãos de estranhos. Durante todo esse período, ela permaneceu fechada; os novos donos não tinham o menor conhecimento do que havia lá embaixo. No entanto, um dia, um deles tentou forçar a entrada e foi encontrado morto no limiar do porão.

Daí por diante, os demônios começaram a freqüentar a despensa da casa e a divertir-se, jogando terra e cinza no caldeirão. Pouco tempo depois, subiram aos demais aposentos.

Estranhas luzes e sombras andavam a vaguear à noite; dos cantos escuros surgiam vultos esbranquiçados e vozes roucas.

A princípio, só aterrorizavam os habitantes da casa, mas, em breve, saindo às claras, começaram a tumultuar a cidade inteira, a provocar acidentes, desentendimentos, intrigas e tantas outras diabruras. Não satisfeitos, ameaçaram espalhar-se mais longe. Alarmados com a situação, os anciãos da comunidade reuniram-se em conselho urgente. Tentaram os santos homens vários exorcismos, mas tudo em vão. Desesperados, apelaram a um vidente de grande renome. Este, ao tomar conhecimento do que estava acontecendo, resolveu chamar para fora os demônios e saber deles as razões por que ocupavam o local. Até mesmo o mal, dizia o homem, pode ter uma origem divina. Postou-se, então, diante da entrada, e pronunciou tantas vezes o Inefável Nome, até que fossem saindo, um a um.

"Nenhum demônio pode viver junto de criaturas humanas", advertiu-os o mago. "Podeis habitar tão-somente os terrenos devolutos, a escura floresta e o deserto."

Mas os demônios não se deram por vencidos. Replicaram que tinham direito à casa, segundo as leis da *Sagrada Escritura*.

"Somos herdeiros legítimos", disseram eles, com veemência, "exigimos que o caso seja levado a julgamento num tribunal competente".

Uma vez que não se pode ignorar um apelo de justiça, mesmo que parta de demônios, convocou-se, pois, um *Din-Torá*. O vidente e os rabinos tomaram assento, e assim se instalou o tribunal.

Dada a palavra em primeiro lugar aos diabos, estes relataram minuciosamente toda a história de seu extinto e pranteado pai, de sua derradeira vontade e do seu testamento no leito de morte.

"Por todos esses motivos, consideramo-nos os legítimos herdeiros", concluíram eles.

Quando foi dada a palavra aos novos donos, estes contestaram imediatamente: "Por este imóvel pagamos uma grande soma, que consta em registro público. Além disso, os que reclamam contra nós são demônios, para quem a lei humana não é válida".

Concluídos os depoimentos, após longa deliberação, os juízes proferiram a sentença: "Nenhum dos filhos da diaba tem qualquer direito à casa, e a lei de Deus determina que se retirem e vivam em lugares solitários".

E foi assim, meus senhores, que os filhos da diaba perderam a causa e tiveram de confinar-se nas baixas esferas. Mas quanto a este fato final, restam algumas dúvidas. Do jeito como andam as coisas, podem muito bem ter ficado por aí.

31

Que me dizes, avozinho?

Encaminhei-me à gruta sagrada, bati à porta e bradei: "Levantai-vos, patriarcas".

"Que foi?" — *indagaram, assustados.*

"Sabeis, por acaso, o que está acontecendo aos vossos filhos?"

32

— Pronto, estou às ordens — diz a funcionária da Biblioteca, cravando-nos seus grandes olhos. É uma mulher de mãos delicadas e brancas.

— Queremos fazer a inscrição. — Arele engrossa a voz, metendo uma daquelas poses de Gary Cooper, pra ver se a impressiona.

Enquanto ela puxa as fichas da gaveta, ele me atira uma piscada de olhos, como quem diz: Não é mesmo uma *uva*?

— Puxa, vocês têm aí um bocado de livros! — comenta, passando os olhos pelas altas estantes.

— Vocês, rapazes, gostam de ler? — A voz macia provoca-nos arrepios. Aposto que o meu amigo também deve estar-se perguntando: — Norma Shearer ou Claudette Colbert?

— Ler é um dos meus grandes hábitos — ataca sem remorsos, e, em seguida, solta uma afirmação que me deixa praticamente de queixo caído. — Leio autores russos.

— Tolstoi?

— Hein? Como? Acho que li algo dele. — Arele trata logo de dar uma boa guinada. — Sabe, meus pais são russos.

Pelo que vejo, meu companheiro não se saiu tão mal. A funcionária sorri de novo para ele, com um jeito mais de Norma Shearer (serão os olhos?). Quando lhe indica a ficha para assinar, ele não hesita um instante, inclina-se todo sobre a mesa. É o próprio Gary Cooper em ação.

Tomados, afinal, os nossos dados, ela nos diz, sorrindo (de quem será o sorriso?):

— Bem, agora, já podem escolher os livros. Se precisarem de mim, estou às ordens, está bem?

Caminhando entre as estantes, Arele me sussurra:

— Macacos me lambam, se não a conheço de algum lugar. Você, por acaso, sabe quem é aquele maldito Tolstoi?

— Não.

— Que idade, acha que ela tem?

— No mínimo, uns trinta.

— Trinta?!

Ele faz uma cara de espanto, como se tivesse acabado de escutar a coisa mais absurda do mundo. Curiosamente olhamos para a mesa, onde ela se encontra a postos. De fato, nota-se qualquer coisa naquele rosto, que não é da Norma Shearer.

De repente a mulher se ergue da cadeira, e, num passinho delicado, mexendo muito os quadris, dirige-se aos sanitários. Admiramo-lhe os braços claros, carnudos, nus, e, neste momento, pela primeira vez, vemo-la de perfil.

— Meu Deus, é a própria Garbo, como é que não vi logo?

— Que Garbo?

— A Greta Garbo — Arele conclui triunfante, puxando um

suspiro que vem do fundo do estômago. — Você não se lembra daquele filme em que ela cai na lábia de Frederic March?

Arele tem razão; é a própria Garbo, sem tirar nem pôr.

— Tem aquela cena linda da *troica* deslizando sobre a neve, você se lembra?

— Claro.

Quando saímos, eu com o *Conde de Monte Cristo* debaixo do braço, e Arele com sua *Ana Karenina*, aliás, Greta Garbo, já começavam a acender-se as luzes da cidade. No céu, piscavam algumas estrelas.

33

Iossl sai de casa bem cedo. Está escuro. O ar fresco da madrugada belisca-lhe o rosto. O peso da mala obriga-o, a cada momento, a mudar de mão.

A porta de ferro da vendinha do Itzic abre-se com estrondo. Um foco de luz projeta-se na calçada, formando uma pequena ilha de claridade.

Da esquina, recorta-se, por entre as sombras, a silhueta de uma carroça de leite, puxada por uma parelha de cavalos; o trote ressoa por toda a rua.

Itzic abre a boca num enorme bocejo e estica os braços, com preguiça.

— Linda manhã, hein? Deus ajuda a quem cedo madruga.

Itzic gosta dessas frases feitas, que formula com toda a seriedade. Iossl, em silêncio, segue o seu caminho. Tem inveja do comerciante, gostaria, tal como ele, de possuir uma casa comercial, clientes chegando, negócios correndo, fim do mês garantido.

Deus ajuda a quem cedo madruga. Será que ajuda também aos *clientelchiques*?

Em breve, o vulto de Itzic, a carroça com os cavalos, as estrias de luz vão ficando para trás. Iossl mergulha de novo nas sombras que envolvem seu caminho. Várias idéias vêm-lhe à mente. Conselhos de Avrum, o experiente *clientelchic*. Bons conselhos, sem dúvida.

— A teoria é uma coisa, a prática é outra — disse-lhe Avrum, no último encontro. — Você deseja trabalhar em bairros ricos? Bobagem, gente rica nunca irá comprar de você. Tempo perdido. Deve-se bater *clientele* no meio dos pobres. Faça o que digo e não me venha com idéias novas.

Avrum tem razão. Se um homem da tarimba dele diz isso é porque está certo. O caminho mais curto pode estar cheio de pedras, outra frase de Itzic.

— Escute, meu amigo — as palavras de Avrum lhe martelam os ouvidos. — Ensinei-lhe tudo o que sei, mas vender cabe a você; se não o fizer, vai morrer de fome.

Palavras duras. Quantas vezes Iossl deixou de dormir por causa delas. Morrer de fome. Muito simples, não é? Esse Avrum, com o seu jeito de falar as coisas!

— Um bom *clientelchic* não perde tempo com ideologias; trata apenas de vender o seu peixe.

Desta vez Iossl vai tentar uma nova praça. Alguma coisa, bem lá no íntimo, lhe diz que este será o seu dia. Se fizer quatro ou cinco cartões... Não é preciso mais do que isso. É o quanto basta, meu Deus. Um cartão puxa outro, não é mesmo, Avrum? Com uma boa média de quatro por dia, está feito. Daí por diante, ninguém mais o segura; é só ir tocando o barco.

Iossl salta do trem e, a poucas quadras da estação, detém-se em frente de um casarão de altas e frondosas árvores. Enche-se de coragem e bate palmas. Um empregado vem abrir-lhe a porta.

— Quero falar com o dono — diz Iossl com toda a firmeza.
— Ele está viajando. Pode falar comigo.
— Vendo à prestação bons artigos — inicia a cantilena.
— Não interessa.
— A patroa não vai querer um vestido?
— Não interessa.
— Tenho anéis, colares.
— Não interessa.

Ao retirar-se dali, apesar de tudo, sente-se animado. Não vendeu nada, é verdade, mas teve o desempenho de um bom *clientelchic*. Agiu com calma e ponderação até o fim. Se não deu certo, paciência, ele havia feito o seu papel. Vamos em frente. Tentemos outro freguês. Ah, meu Deus, é só me deixares fazer um cartão. Um cartão puxa outro.

Iossl pára diante de outra casa. O estilo dela é imponente. Só pode ser de gente fina. Bate palmas. Por detrás de um alto gradil vem atender-lhe alguém. Iossl arma o melhor dos seus sorrisos.

— Que deseja? — pergunta-lhe o sujeito secamente. Tem uns olhinhos nervosos que não param de piscar.
— Vendo à prestação bons artigos.
— Que artigos?
— Brincos, anéis, colares.
— Não interessa.
— Talvez um bom corte de seda?
— Seda? Deixa ver.

Meu Deus, a coisa está funcionando. Ele abre depressa a mala, tira do fundo o único corte que possui, e o estende por entre as grossas barras de ferro que protegem a entrada da casa.

O homem apalpa o tecido, cuidadosamente, como alguém habituado a lidar com esse tipo de mercadoria, e resmunga:

— Não vale grande coisa.

— Como, não vale?! É uma boa seda — defende-se Iossl.

— Boa seda? Que preço tem esta porcaria?

Com o coração aos pulos, ele declina o preço; está disposto a fazer uma redução, mas o homem nem pechincha.

— Bem, vou ficar com isso — diz-lhe impaciente. — Tem licença pra vender?

A palavra o atinge como uma tijolada na cabeça. Cuidado! Cuidado!

— Licença?!

— Está claro que, sem licença, não se pode vender, não é?

Iossl tenta puxar de volta o corte, mas é muito tarde.

— Me saia daqui antes que apreenda tudo. — Os olhinhos piscam nervosos.

Iossl não se move.

— Ah, é assim?! Espere aí, que já vai ver. — O homem sai correndo para o interior da casa.

Tomado de pânico, Iossl trata de fechar a mala e dispara numa corrida. *Oi Avrum, Avrum*, o que fazer? Você tinha mesmo razão. Fui cair bem na boca do lobo.

Percorrida uma boa distância, exausto, sem fôlego, pára; por sorte, não vê ninguém atrás de si.

— Salvo, graças a Deus! — respira aliviado.

Recompõe-se, fecha direito a mala e retoma o caminho. Que vá pro inferno o ladrão. Não vou ficar mais pobre por causa deste mísero corte. Preciso retomar o trabalho .Tenho pela frente todo o dia.

Sob um céu azul sem nuvens, em que brilha inclemente o sol, ele caminha sozinho pela estrada. Vai praguejando à vontade. Talvez amanse esse seu orgulho. Aliás, um *clientelchic* não pode ter orgulho. Levante a cabeça, homem. Vamos em frente. É só fazer um cartão. Um cartão puxa outro.

34

Encontro-a quando ela atravessa a rua, perto de casa, vestida no seu uniforme de escola, uma blusa branca e uma saia azul. Sobre os cabelos loiros, uma boina preta.

Nossos caminhos vão-se cruzar dentro de alguns segundos. Sinto-me estranhamente leve e o coração me palpita como nunca. Passo, porém, empertigado, sem sequer olhar para ela, como se não existisse.

Agora, só ouço o som de seus passos que se afastam. Uma tremenda comichão me arde no pescoço, uma vontade doida de virar a cabeça e olhar para trás. Mas cadê coragem? Porca-miséria, cadê coragem?

35

A nossa sinagoga encontra-se cheia. O *Iom Quipur* vai chegando ao fim. Passo os olhos à minha volta. Vejo rostos sérios, crispados. Vejo Reb Sender sentado do lado de Itzic, o vendeiro. Mais adiante, estão Sr. Shloime e Sr. Berl, que só aparecem em dias especiais.

O primeiro inclina-se para o segundo e lhe cochicha alguma coisa no ouvido. Sigo-os com os olhos. Tenho curiosidade de saber do que estão falando esses dois. Correm muitas histórias a respeito deles. No ramo de confecção, são os reis. Cada qual tem uma grande loja na José Paulino, uma bem em frente da outra. Podem ser concorrentes lá fora, mas aqui se dão bem.

Meu pai, que não morre de amores nem por um nem por outro, em todo caso respeita-os, reconhece-lhes as qualidades. Costuma dizer ao meu tio Iossl, quando a conversa recai sobre eles:

— Berl e Shloime podem não ser *talmid-hohems*, mas têm suas qualidades.

— O quê! Que raio de qualidades você vê neles? — pergunta tio Iossl.

— Acaso não contribuem para as campanhas?

— Ora, nisso entra a questão da vaidade, do prestígio.

— Mas dão — retruca meu pai. — Não se pode negar este fato. Várias instituições nossas lhes devem favores. Aliás, se elas dependessem de *captzonim* como nós, estariam bem arranjadas.

Volta-se sempre ao mesmo assunto. Cada qual mantém seu ponto de vista.

— Berl e Shloime, no fundo, são bons judeus — finaliza meu pai.

— Meu Deus, o que é um bom judeu? Quando velhacos como eles nos beijam, é bom contarmos os dentes — tio Iossl tenta a última palavra.

O fato é que tais comentários me levam, às vezes, a achar que não é fácil julgar os homens.

Volto-me com os olhos para os outros. Estamos agora naquele período indefinível do dia, quando, terminadas as orações, aguardamos com certa impaciência (com muita fome, diria eu; pelo menos é o que sinto), o finzinho do *Iom Quipur*. Mas este se vai arrastando, arrastando.

Alguns homens se levantam, vão à porta para respirar um pouco de ar fresco. Outros se deixam ficar em seus lugares, fracos, esgotados. Bem poucos têm ânimo para conversar. Os mais ortodoxos não tiram os olhos dos seus livros de rezas; seus lábios se movem mecanicamente.

Prostrado, deixo-me ficar junto de meu pai. Seu semblante de linhas severas oculta-se todo numa sombra. Em determinado momento, despregando os olhos do volumoso *Mahzer* que mantém aberto nas mãos, volta-se para mim e diz:

— Vá ver como está passando a mãe.

No ano passado, tivemos alguns problemas com ela. O jejum não lhe fez bem, daí a preocupação de meu pai. Levanto-me e caminho em direção à galeria. Mas, antes de subir, detenho-me no portão, para uma rápida espiada na rua. Vejo um grupo de rapazes parados na calçada, mexendo com Leibl *der meshuguener*, o qual ostenta, surpreendentemente, uma roupa nova.

— Leibl, você está jejuando? — indaga-lhe um dos rapazes, querendo provocá-lo.

— Claro, e você, seu bandido? — responde Leibl.

— Mas que é que você tem nos lábios? Uma migalha de pão?

Leibl passa depressa a mão na boca, e todos se riem.

— Juro por Deus — esbraveja Leibl, gritando.

— Está bem, está bem, Leibl, não vamos brigar.

Subo lentamente a escada. Numa das alas, apinhada de mulheres, avisto minha mãe ao lado da tia Dvoire. Abrindo passagem, empurrando aqui e ali, vou-me aproximando.

— Então, como vai o meu herói? — seus lábios estão ressecados, o rosto tem uma forte palidez. Não confiando nos olhos, ela me apalpa mãos e braços, me toca as faces.

— O pai está bem? — pergunta-me, quase num sussurro.

Quando volto, encontro meu pai mergulhado nas suas orações. A *Neilah* já está começando. Todos se preparam para ouvir o grande toque do *Shofar*. Neste momento, não nos resta mais nada, senão confiar no julgamento do Eterno. O povo proclama:

— *Adonai, Hu Eloim.*

36

Que me dizes, avozinho?

Tu és o juiz e o árbitro, tudo sabes, de tudo és testemunha.

Escreves, registras, proclamas, recordas das coisas de há muito esquecidas.

Abres o livro da memória que contém a assinatura de todos.

Soa a grande trombeta.

Como o pastor que verifica seu rebanho, fazendo-o passar debaixo do seu bastão, assim fazes também. Repassas, apontas, examinas toda a alma vivente. Limitas o período de vida de todas as criaturas e prescreves o destino delas*.

---

* Oração proferida pelos judeus, durante o *Iom Quipur*.

37

— Lembro-me de um caso que aconteceu há vários anos, com o *Mohel* do nosso *Shtetl* — diz-nos Reb Sender, interrompendo o judicioso comentário que alguém faz acerca da ganância e da avareza.

No meio da penumbra da sinagoga, onde aguardamos a hora do *Mairev*, acercamo-nos dele.

Houve um tempo — começa Reb Sender, com sua voz fanhosa —, quando, por artes de *taivlonim*, todos nós fomos assaltados por uma doença incrível: só pensávamos em ganhar dinheiro. Ela nos contaminou de tal modo que até mesmo um homem bondoso e devoto, como o nosso *Mohel*, perdeu as estribeiras e, de uma hora para outra, passou também a cuidar só de seus lucros. O homem virou sovina. Esquecido dos mandamentos da *Torá*, negou-se a dar esmolas aos pobres. Não prestou mais auxílio aos desafortunados. E, até mesmo, por vezes, deixou de freqüentar a sinagoga, para que não lhe pedissem donativos.

No entanto, quanto mais dinheiro e ouro acumulava, mais cuidados tinha com as chaves das suas arcas e do seu cofre. Não tirava os olhos delas.

Uma noite, já altas horas, foi acordado por batidas na porta. Lá fora, estava um forasteiro, que, muito aflito, lhe rogou: "Minha esposa acaba de dar à luz um filho. Pago-te o que quiseres, mas é preciso que venhas comigo agora mesmo, para consagrar o menino". "Está bem" — replicou o *Mohel* — "mas diz-me onde moras?" "Não te preocupes" — respondeu o desconhecido —, "trouxe uma carruagem com bons cavalos e chegaremos lá depressa".

Diante da proposta tentadora, o *Mohel* não pensou duas vezes, apanhou rapidamente os instrumentos de que precisava e seguiu o estranho.

A cidade estava toda adormecida. A princípio a carruagem foi conduzida com vagar, mas, ao atingir a periferia da aldeia, o condutor fustigou os cavalos e estes se lançaram às densas trevas, num furioso galope. Percorreram campos e bosques, vales e montes. Estranhamente, porém, ao longo de todo o trajeto, não se ouvia nenhum pio de pássaros, nenhum zumbido de abelhas, nenhum murmúrio de riachos. Os únicos ecos a quebrar o silêncio da noite eram os relinchos dos animais, o martelar constante dos seus cascos e o estalar do chicote. Quando surgiu a lua clareando a estrada, notou o *Mohel*, com grande espanto, que os cavalos não projetavam sombra alguma no chão.

A viagem parecia sem fim. "Aonde me levas?" — perguntou, um tanto apavorado. "Já estamos chegando" — foi a única resposta.

Ao romper a manhã, o nevoeiro começou a dissipar-se, e, diante deles, no fundo de um vale, surgiu uma pequena aldeia. A carruagem parou à frente de uma das casas, onde já os aguardavam vários criados. Estes, em silêncio, conduziram os cavalos ao estábulo, e o anfitrião convidou o *Mohel* para entrar.

À medida que atravessavam corredores e salas, crescia-lhe o assombro com as coisas que ia vendo: móveis marchetados de ouro, vasos preciosos de prata, portas de marfim cinzelado. Até as fechaduras, os ferrolhos e os pregos eram de ouro e de prata. Nunca vira tamanha magnificência. Bastava para ele um só daqueles objetos para o transformar no homem mais rico do *Shtetl*.

Chegaram, por fim, ao aposento da parturiente. Mas, ao invés de acompanhá-lo, o forasteiro excusou-se, pedindo-lhe que entrasse sozinho, pois tinha de atender a outros serviços da casa. Ao abrir a porta, assombrou-se de novo com o que viu: uma mulher jovem, deitada num leito, e, do lado, num berço todo de ouro, uma criança adormecida. A mulher chamou-o com um gesto amistoso.

"Certamente, és o *Mohel*" — murmurou ela. "Sinto-me feliz em ver-te, pois o único pedido que fiz ao meu esposo foi o de que se cumprisse a circuncisão de nosso filho conforme o ritual judaico. Por isso, terás a minha eterna gratidão. Mas é bom que saibas, desde já, que não estás entre os mortais. Todos os moradores desta casa são demônios; a pessoa que te trouxe para cá, meu marido, ele próprio é um demônio. O esplendor que vês em toda a parte é irreal como a névoa".

O pobre homem começou a tremer, e a palidez lhe cobriu o rosto.

"Estou perdido" — lastimou-se o miserável.

"Não temas" — disse-lhe a mulher —, "ainda poderás te salvar. Sou um ser humano como tu e fui atraída para cá durante minha mocidade. Embora não haja remissão para mim, posso, porém, livrar-te, desde que sigas um conselho meu. Agora presta atenção: não proves qualquer comida ou bebida enquanto aqui estiveres, nem tampouco aceites qualquer dádiva de meu marido, seja bagatela ou fortuna".

Nisto, notou-se lá fora um tremendo alvoroço. Cavalos e carruagens chegavam, trazendo os convidados para a festa. Logo mais, a porta se abriu, e, entrando na câmara, o forasteiro o convidou a dirigir-se ao salão, onde estavam reunidos os hóspedes para a cerimônia.

A mesa comemorativa já estava preparada, e luzes de velas iluminavam o suntuoso interior.

Cheio de angústia, o *Mohel* entoou as orações preliminares, ouvidas em silêncio por toda a congregação. Em seguida, mandou trazer o menino e realizou o rito da circuncisão. Segundo o costume, todos os presentes tomaram refrescos e serviram-se à vontade. Comiam, bebiam e foliavam. Só o *Mohel*, alegando estar no seu dia especial de jejum, não punha nada na boca. A jovialidade dos convidados aumentava cada vez mais, e, embora continuassem insistindo com ele para que comesse e bebesse, nada punha na boca.

De súbito, o anfitrião ergueu-se e, com um sinal, pediu-lhe que o seguisse ao outro aposento. "Chegou a minha hora final" — pensou apavorado, enquanto o acompanhava. Quando a porta se abriu, os olhos do *Mohel* recaíram sobre um espetáculo que jamais vira em sua vida: um tesouro incalculável de vasos e ânforas de prata.

"Quero oferecer-te uma pequena prova de minha gratidão" — disse-lhe o forasteiro. "Escolhe o que mais te agradar".

"Muito obrigado" — balbuciou o *Mohel* —, "mas tenho em casa tudo o que desejo".

Sem proferir palavra, o demônio pegou-o pelo braço e o conduziu ao próximo aposento. Neste, havia milhares de peças e jóias, inteiramente de ouro. Diante da nova insistência, ele tornou a responder: "Obrigado, mas tenho em casa tudo o que desejo".

Sem se dar por vencido, o demônio levou-o ainda a um outro aposento. Para seu grande espanto, neste não havia qualquer suntuosidade, nem brilho de prata, nem fulgor de ouro. Viu apenas molhos de chaves. Molhos de todas as ordens e tamanhos. E, incrível, bem à sua frente, pendente de um prego, estava o seu próprio molho, com todas aquelas chaves do seu cofre e das suas arcas.

"Não tremas tanto" — disse-lhe o estranho. — "Tu me prestaste um grande favor, por isso, resolvi revelar-te um segredo do qual bem poucos têm conhecimento. Não me importa que o contes aos outros; de qualquer modo, não te darão ouvidos. Sou o demônio a quem foi atribuído o poder absoluto sobre as riquezas e os tesouros das criaturas humanas. Nem tu, nem qualquer outro homem, são os verdadeiros donos; somos nós, os demônios. Somos nós que conservamos as chaves de todos os cofres. Como vês, destinam-se a nós todos os vossos haveres. Pois bem, agora que já o sabes, vai-te embora daqui."

Após tais palavras, um turbilhão suspendeu o *Mohel*, agitando-o no ar. E, quando se deu conta, já estava de volta à sua casa, são e salvo.

No entanto, meus irmãos, ninguém do nosso *Shtetl* acreditou numa só de suas palavras. Quando ele se dispôs a tirar das arcas e do cofre tudo o que era seu, para o dividir entre os pobres e desafortunados, acharam-no doido, ninguém o compreendeu. A não ser, talvez, uns poucos *tzadiquim*.

38

— Outra idéia, Arele? — pergunto.

Há um assunto em especial que nos mantém interessados, em torno do qual podemos ficar conversando horas inteiras.

De que forma se pode abordar uma dona e principiar com ela um desses diálogos duradouros e proveitosos?

Os casos que se vêem na tela não nos podem servir de lição porque já vimos que a maioria deles acontece simplesmente por obra do acaso. O William Powell (ou será que é o Clark Gable?) dá de cara com uma Carole Lombard debaixo de uma mesa, por exemplo, e está tudo bem. Nenhum de nós, entretanto, irá acreditar que uma coisa dessas vá acontecer conosco e acabar metendo uma loira como a Carole Lombard em nossas vidas.

E, quanto àqueles expedientes de que lança mão o Andy Hardy? Nem é bom falar. O sujeito é maluco.

Por isso, ficamos imaginando coisas e loisas, situações e

saídas, e dando tratos à bola. Mas, a verdade é que não chegamos ainda a nenhum critério definitivo .

Eis a respeito do que estamos agora conversando no saguão do cine Lux, enquanto nossos olhos passeiam, de um lado para outro.

— Esse negócio de ficar aí piscando, não dá certo — diz Arele, mexendo a testa no melhor estilo do Clark Gable. — Já experimentei de todos os jeitos, e o único resultado foi me sentir praticamente vesgo. O que devemos fazer, no duro, é encontrar uma boa frase, uma frase de efeito.

No entanto, essas tais frases, algumas até mesmo bem boladas, na boca de Arele acabam num deboche de fazer arrepiar um macaco, e, por isso, são postas de lado.

— Passei o dia todo procurando nas revistas da Sheine uma única que me servisse — confidencia-me ele. — Mas, palavra, não achei nada, nada.

É um problema complexo, sem dúvida. Pelo menos, para nós. Mas também impossível, não será.

— O que nos falta, mesmo, é só uma frase.

Ele torna a me dizer, e seus olhos, de repente, se fixam num ponto. Lá está a nossa conhecida Rita Hayworth, parada num canto, tratando de enfiar na boca um bom naco de chocolate. Só de pensar que Arele possa aproximar-se dela (não estou bem certo disso) e tentar uma de suas abordagens, me dá verdadeiros engulhos.

— Não tente, Arele.

— Por quê?

— Tenho o palpite de que não vai dar certo.

— Mas, por mil diabos, por quê?!

— Pura questão de palpite, ouviu? Vai acabar tudo num desastre.

— Pombas, desastre?!

— É.

Ele pára um pouco para pensar. Uma qualidade Arele tem: não é um *kamikaze*.

— Desastre, hein? Está bem, desisto. Mas é bom saber que não é por causa de palpites. Apenas ainda não achei a minha maldita frase, ouviu?

Quando ela passa, rebolando as ancas debaixo do seu incrível vestido, ele nada mais faz do que a seguir com os olhos, e solta um daqueles suspiros profundos, sonoros.

39

As provas do fim de ano estão cada vez mais próximas, fato este que me deixa seriamente preocupado. Mas, afinal, cada um se preocupa com alguma coisa. Tio Iossl, com *parnusse*. Meu pai, com o judaísmo. Tia Dvoire, com a sua feira. Itzic, o vendeiro, com os bêbados que fazem arruaças em sua venda. Sr. Shloime e Sr. Berl, com os seus lucros. Reb Sender, com os *taivlonim*. Minha mãe, com Srulic, comigo, com meu pai, com tio Iossl, com os parentes da Europa, com tudo. Quem não tem preocupações? Eu me preocupo com o Latim, com a Matemática, com minhas espinhas, com meus sonhos malucos, com as idéias de Arele. Ele está querendo cantar uma lavadeira que mora lá na vila. Com jeito vai, diz ele.

Se eu não estudar como se deve, as coisas podem ficar pretas. Pretas? Seu Rodrigues, o carvoeiro, se preocupa com seus carvões. Simão, o filho do padeiro, com suas rosquinhas. O único que não se preocupa com nada é o Srulic, meu irmão. Só come, brinca e dorme. Pra que fomos crescer, meu Deus?

Outra exceção: Reb Shmuel, um dos nossos vizinhos. Meu pai o toma por um *tzadic*; tio Iossl, por uma criatura que vive fora da realidade. Todos nós, evidentemente, confiamos na vinda do Messias, mas Reb Shmuel não só confia, como também se prepara para recebê-lo a cada dia. O encontro, para ele, tem hora marcada. Eis por que nada o preocupa.

Mas enquanto isso, volto a dizer: as provas do fim do ano estão chegando, e se eu não tratar logo do assunto, as coisas podem ficar pretas. Bem pretas. Minhas pobres esperanças, como meus interesses imediatos, não são nem de longe iguais aos de Reb Shmuel.

Reb Shmuel passa o tempo todo estudando. Estudando o quê? O *Talmud*. Só sai de casa se for para ir à sinagoga. Muita gente vem trazer-lhe seus problemas e lhe pede conselhos. Problemas de toda ordem: um filho que está muito doente, um pai, uma mãe; um negócio que está para ser fechado; uma moça que não encontra marido; uma dúvida quanto a um preceito judaico; uma viagem; uma mudança; um emprego; uma interpretação talmúdica. Até mesmo minha mãe, um dia, preocupada com as bichas de meu irmão, levou-o a Reb Shmuel, e, naturalmente, fez questão de me levar também, para que me desse a sua bênção, ou talvez, simplesmente para me expor ao brilho do seu espírito. Para conversar com ele, é muito simples; a única exigência é a de cobrir a cabeça. Reb Shmuel ouve a todos com paciência, com um interesse particular. É alto e magro. Tem olhos tranqüilos e claros, embora um tanto melancólicos. Veste-se modestamente, e em redor dele tudo é pobre e miserável. A casa em que habita é uma das menores da vila; o mobiliário, praticamente nulo, compõe-se de cadeiras quebradas e de um linóleo em frangalhos. Ele dá a cada um o seu conselho. Invariavelmente, o primeiro conselho é o de confiar plenamente no *Eterno* e não se preocupar; o segundo, pôr *tefilim* e rezar todos os dias.

Confiar no Eterno? Não me preocupar? Tudo muito bem, mas (repito) convém abrir os olhos, pois, as coisas aqui embaixo podem ficar bem pretas. Por isso aqui estou, no meu quarto, me martirizando com a infernal gramática latina. Faço-o diligentemente por duas longas, longas horas. Afinal, me ergo e me aproximo da janela. Como estarão as coisas aí fora? Como anda este grande mundo sem a minha presença? Para meu espanto, vejo passar pela calçada a figura ereta de Reb Shmuel. Alto, delgado, lá vai ele rumo à sinagoga, metido no seu pobre capote preto. Seus olhos, grandes e azuis, que sobressaem vivamente naquele rosto magro, coberto de longa barba prateada, parecem olhar para tudo com uma grande calma.

40

Mas há uma coisa acima de todas — sou obrigado a confessar —, que me deixa muito intrigado no que se refere a essa figura estranha que é Reb Shmuel.

Dizem alguns de seus fervorosos seguidores — não deixam por menos — que ele é capaz de, em certas ocasiões, conversar com pássaros, cães, peixes, pedras, objetos. Bem, conversar com pássaros, cães e peixes não é pouca coisa, mas quanto a pedras e objetos, ah, isso já me soa a exagero, mesmo para um *tzadic*. Nesse ponto, Arele pensa exatamente como eu.

Imaginem falar com pedras e objetos! Na minha humilde opinião, pelo que os olhos vêem, pode-se, às vezes, começar a crer, mas pelo que eles não vêem, tem-se o direito legítimo de duvidar. Assim é que penso e continuarei pensando enquanto não o tiver visto com os meus próprios olhos.

Sobre esse dom atribuído a Reb Shmuel, ouvi também aqui em casa algumas opiniões. Não sei se deva citar a do meu tio; em todo o caso, vou fazê-lo, pois se resume a umas poucas palavras: "Gostaria que ele me ensinasse a falar com certos clientes, verdadeiras pedras no meu caminho".

Quanto à tia Dvoire, diz ela que, no seu velho *Shtetl*, se faziam comentários acerca de homens milagrosos capazes de grandes feitos, mas nunca ouvira falar de nenhum que conversasse com pedras e objetos; não, isso não.

Já meu pai tem opinião bem diversa. Segundo suas próprias palavras, não saberia dizer se pedras falam, mas algumas, certamente, choram: "Acaso, alguém duvida de que as pedras do nosso Muro Oriental chorem?"

— Quanto a falar com objetos — conclui ele, com um sorriso se espalhando no rosto —, eu próprio, diariamente, vivo conversando com os meus *Tefilim*.

41

De noite, quando estou na cama, imaginando coisas, e de repente me lembro dela, sinto vergonha, engraçado. Pergunto-me se desejaria beijá-la. Não, não sei se beijar seria tudo. Talvez, segurar-lhe a mão.

"Vamos aos bosques, pernoitar nas aldeias, madrugar nos vinhedos, ver se as vinhas vicejam, se os ramos florescem, se já brotam as romãs."

Enterrando o rosto no travesseiro, fecho os olhos. Faço uma tentativa de trazê-la para o meu lado. Docilmente, ela entra na cama e se deita junto de mim. Não me diz nada, apenas sorri. Está tão próxima que posso sentir o calor de seu corpo. Um corpo miúdo, frágil, macio. Com a ponta dos dedos, toco-lhe as covinhas abertas nas faces. Depois, abaixando as mãos, fico a acariciá-la por algum tempo. Aperto-a contra mim e sinto o contato de seus pequenos seios.

Por que será que não diz nada?

42

O filme de hoje à noite, no cine Lux, pode não ser dos mais novos, mas é uma comédia sem dúvida muito engraçada.

Cary Grant e Constance Bennett fazem um casal de fantasmas. Mas uns fantasmas tão simpáticos que se fica com vontade de ser como eles. Não são fantasmas do estilo de Reb Sender. Nada disso. Não querem assustar a ninguém, a não ser por brincadeira. Nem tampouco arrastam correntes. Querem ensinar a Roland Young como viver. Levantam taças de champanhe, ouvem música, brincam, trocam beijos, usam roupas de festa e se divertem enquanto não têm permissão de entrar no outro mundo.

— Esse tal de Topper é uma toupeira — diz-me Arele. — Não sei por que perdem tanto tempo com ele.

— Que tal a Constance Bennett?

— Ah, com essa, mesmo sendo fantasma, juro que topava um encontro.

Despreocupados, caminhando por entre as sombras esparramadas da noite, que está morna e tranqüila, vamos repassando cenas inteiras do filme. O acidente de carro, bem no início, com as duas almas a se erguerem dos destroços e lançando aquele olhar de espanto para os seus próprios corpos, pegou-nos mesmo de surpresa. Uma morte sem dúvida maravilhosa! Sem choro nem vela.

— Morrer assim dá gosto — comenta ele, e sua voz soa estranha no meio do grande silêncio à nossa volta. — Olhe, eu gostaria de morrer como o Cary Grant, na boa companhia de uma pequena, se possível. E você?

Bruscamente, saltando do escuro, o vulto de um gato arisco (só podia ser preto) surge à nossa frente e atravessa a calçada correndo. A visão súbita do inofensivo animalzinho nos faz engolir em seco tudo o que ainda pretendíamos dizer.

Naturalmente, a partir daí, tratamos de mudar de assunto. Arele enfia a mão no bolso e põe-se a assobiar, baixinho. Assobio também.

— Ora, não é o que o pianista andou tocando no filme? — pergunta-me espantado.

# 43

Domingo. Embora tenha acordado cedo, deixo-me ficar espichado, gozando as delícias da cama. Mãos atrás da cabeça, dedos entrelaçados, entrego-me a pensamentos diversos. São difíceis de fixar, passam em grande revoada.

Penso nos problemas de minha mãe. Meu pai anda nervoso. Meu tio Iossl, às voltas com a sua *clientele*. Minha tia Dvoire, cochichando longos segredos à minha mãe. Srulic, com essa mania de desenhar caretas justamente nos meus cadernos. Arele, falando de uma dona. Todos esses rostos se atropelam e se confundem na minha mente. Surgem outros. Reb Shmuel, Reb Sender, meu professor de Latim, Avrum, o *clientelchic*, a Greta Garbo da Biblioteca Municipal, Sheine, a irmã de Arele, agarrada às suas revistas.

Vejo cenas dos últimos filmes, em que vão entrando, sem me consultar, as figuras de todos os conhecidos. Reb Shmuel olha com um ar de estranheza para Errol Flynn. Reb Sender sorri para um *cowboy* que lhe aponta um revólver. Os *taivlonim* dão-se as mãos e dançam uma valsa triste. Meu pai afunda num tratado do *Talmud*, tendo por companhia um velho barbudo. Será mesmo o Rashi? Minha mãe, na cozinha, conversa com tia Dvoire. Arele me mostra uma revista e fica a rir, a rir. Tio Iossl foge de um fiscal que tem a cara de Boris Karloff. O mundo virou de pernas para o ar.

    O sol agora invade o quarto, clareando tudo. Na tela, surgem as palavras finais: *The End*.

    Pulo da cama, sentindo uma grande fome.

44

Que me dizes, avozinho?

O clamor aumenta, o mal se agrava. Passam os dias. O frio e o calor. O verão e o inverno. A sementeira e a ceifa.

O sol, porém, nasce todos os dias.

45

Ao entrar na sala, encontro meu pai conversando com tio Iossl, que não se acha de boa cara. Minha mãe e tia Dvoire estão na cozinha.

— Que é que há, Iossl? Algum *shvoc*?
— Naturalmente, isso não falta.
— Fiscais?
— Não, a questão não é esta.
— Que é que há, então?

Vem lá de fora o som de um rádio. "... No Tirol só se canta assim, lero-leru-u, lero-leru-u." O luar vai entrando pela janela. É uma noite calma, num mundo que me parece calmo.

— Às vezes, me pergunto: Pra quê? Que sentido tem tudo isso?
— Bobagens, Iossl.
— Não me conformo como este *meshuguener velt*.

— Que é que você quer dizer com isso?

— Não encontro explicação para nada.

Meu pai, que é um tipo piedoso, torna-se solene quando começa a falar dos seus livros sagrados.

— Iossl, veja bem, eu já lhe disse muitas vezes: a explicação está na *Torá*. Não temos necessidade de procurá-la em outra parte.

— Mas espere um pouco, há por aqui um inferno de extermínios, tudo vai mal, tudo está torto e você só sabe me dizer: a *Torá*, a *Torá*.

— A *Torá* é tudo, sem ela, não há salvação.

Iossl explode:

— Estou cheio de ouvir isso! Para mim, este mundo de malucos não tem Deus.

— Cale a boca, epicurista!

Inicia-se o bate-boca. Minha mãe e tia Dvoire vêm correndo da cozinha.

— *Oi meshugoim*, parem com isso!

Mais tarde, já a sós, inconformada, minha mãe cai em cima de meu pai.

— O pobre do Iossl anda cheio de amarguras.

— Quem não anda?

— A Dvoire me disse que a *clientele* dele vai muito mal. É preciso compreendê-lo.

— Mas compreender como? Blasfema contra o que temos de mais sagrado!

Minha mãe dá-lhe as costas e retira-se para a cozinha. Correndo atrás dela, rosto lívido de angústia, meu pai desabafa:

— A *Torá* é a última coisa que nos resta, mulher.

46

É noite e as estrelas brilham por cima da torre da Estação da Luz. Desperto e abro a janela. Surge no horizonte um cometa luminoso (ó menino, o que é um cometa?), que vai crescendo aos poucos. Tem uma cauda enorme, parece um grande foguete a cruzar o céu. Aproxima-se cada vez mais. Sinto que pode haver um desastre. O cometa vai crescendo, o calor vai-se tornando insuportável. Quem poderá nos salvar? Flash Gordon, talvez. Mas, por onde andará ele? Gary Cooper está ocupado em Marrocos com a Marlene Dietrich. Errol Flynn anda às voltas com os piratas do Caribe e os bandidos da Floresta Verde. O cometa continua a crescer. Cada vez mais, mais e mais. Não é o caso de chamar Reb Shmuel? Tio Iossl solta uma gargalhada. *Adonai Hu Eloim.* Minha mãe e tia Dvoire preparam o chá. A cauda enorme vai-se chocar contra a terra, a qualquer momento. Adeus, vida. Adeus, Arele. Adeus, meu pai. Adeus, minha mãe. Adeus, tardes de sol. Adeus, cheiro de folhas verdes. O universo se enche dum estrondo pavoroso. Fragmentos do nosso pobre mundo começam a rolar lentamente no espaço infinito.

47

Uma desgraça se abateu sobre a casa de Arele. Sheine desapareceu da noite para o dia. Dizem que fugiu com um *sheiguetz*.

— Fui castigado por Deus — chorava o pai, desconsolado.

Uma vergonha, uma vergonha, era só o que se ouvia em todos os cantos do Bom Retiro. *A shande*! Como é que uma *idishe tohter* podia fazer uma coisa dessas, fugir com um *goi*?! Não, isso não entrava na cabeça de ninguém.

Reinava um profundo pesar. O pai quase que perde o juízo. A mãe ficou morre-não-morre.

Não vi Arele por alguns dias. Creio que ele mesmo foi pego de surpresa: quem podia imaginar que a tímida Sheine tivesse, ao menos, um namorado? E, ainda mais, um namorado *goi*?! Como é que uma mocinha como a Sheine podia fazer uma coisa dessas? Não, isso não entrava na cabeça de ninguém.

Lá em casa, não se tentou explicar nada; o comentário foi um só:

— *A meshiguener velt!*

Fico agora a pensar comigo nessa estranha irmã de Arele. Não me sai da cabeça a imagem que guardo dela. Vejo-a debruçada sobre a máquina de costura. O rosto longo, coberto de espinhas; as duas tranças compridas lhe descendo pelas costas. Uma triste mocinha judia. A voz dela, como que vindo do fundo de um corredor, ecoa-me nos ouvidos:

— *Mame, mame.*

48

Não, não é fácil pular da cama às cinco da madrugada. Faço-o, porém, todas as segundas-feiras, por causa das miseráveis aulas de Educação Pré-Militar. E é justamente o que estou fazendo neste momento.

No caminho que percorro de casa ao ponto do bonde, vou beirando o Jardim da Luz. Uma névoa leitosa cobre as árvores. No céu ainda cintilam algumas estrelas. Um vento encana-se na rua e passa sibilando por mim. Embora não faça muito frio nesta época do ano, encolho-me todo e trato de enfiar a mão livre no bolso das calças.

Anda no ar um cheiro de folhas verdes. Curioso como esse cheiro desperta em mim uma sensação tão forte a ponto de me deixar arrepiado. Por um momento, esqueço-me de todas as preocupações. Idéias maravilhosas e confortantes me passam pela cabeça. Até mesmo uns versos, que o Machadinho, o nosso professor de Português, obrigou-nos a decorar. Repito-os comigo e, surpreendentemente, sinto que me dizem algo. O poeta desperta e abre a janela, pálido de espanto. Sim, já a abri algumas vezes e me enchi de espanto. Enchi-me, não só de madrugada, como durante o dia. E, tal como o poeta, sinto-me saudoso. Mas, saudoso do quê, meu Deus?

Alguns homens, de marmita na mão, esperam o bonde. Quando este vem, subimos todos em silêncio. O motorneiro, um português barrigudo, de quepe e uniforme azul, manobra com largos gestos a pequena roda da direção e, nos cruzamentos, faz acionar com o pé uma sirene de metal, cujo som estridente se espalha no ar e vai enchendo de ecos as ruas quietas. No cartaz, o cobrador diz ao cavalheiro, sentado junto da jovem faceira: Ilustre passageiro.

Mas toda esta sensação de bem-estar se desvanece quando penso no que terei de enfrentar dentro de poucos minutos. Não há coisa que mais me desagrade do que ficar em fila indiana, marchando sob as ordens do sargento Moreira. Meia volta, volver. Esquerda, volver. Direita, volver. Sentido. Descansar. Sentido. Marche. Um, dois, um dois. Ei, você, seu banana, estique o peito.

A aula começa às seis em ponto. Um minuto de atraso, e a gente fica do lado de fora. Ao chegar, corro para o pátio, que já se encontra cheio de garotos, e vou juntar-me à classe do 3.º ano. Deixamos as pastas sobre os bancos e entramos todos em fila.

O sargento Moreira sopra o apito dando o primeiro sinal.

Arele ainda não veio. Mas estou certo de que ele surgirá no último instante, como, aliás, sempre acontece.

À minha frente, Alemãozinho, que é um dos melhores da classe, está em posição de sentido. Não me entram na cabeça certas questões. Olho para o seu rosto, que é redondo e corado, e ele me sorri. Um bom colega, sem dúvida. Pergunto:

— Alemãozinho, você tem raiva de mim?

— Não.

— Se nos dessem armas para lutar, você teria coragem de me matar?

O sargento Moreira põe o apito na boca e se prepara para o último sinal. Arele surge em cima da hora e se mete tranqüilamente na fila.

49

Hoje me vem um pensamento: "E se eu fosse esperá-la na saída do colégio?" O Colégio Stafford, sei onde fica. Sem dúvida, um lugar neutro, afastado de conhecidos. Será muito simples. Apresento-me como um amigo, um simples vizinho.

"Alô, que coincidência! Vamos juntos para casa?"

Assim, com a maior naturalidade. Uma abordagem perfeita, comum, natural. Nada demais. A idéia me parece boa. Só de pensar, porém, me arrepio todo. Alguma coisa, não sei o quê, começa a derreter-se dentro de mim.

O rádio do vizinho toca em surdina. Ondas suaves se espalham no ar.

Eu sonhei que tu estavas...

Presto agora mais atenção. Acompanho a letra. Tão boba, tão água-com-açúcar, por que será que me deixa neste estado?

50

Que me dizes, avozinho?

O espírito do Criador vagava sobre a face das águas. Que quer dizer isso? Nossos mestres explicam: O assento divino estava no ar, vagando sobre as águas, por força do alento da própria palavra do Criador, como uma pomba que sobrevoa o seu ninho.

51

Sábado. Meu pai conseguiu cercar-me de novo. Já estou meio rouco de tanto ler este capítulo do *Êxodo*, que, por sinal, é um dos mais longos. Mas, dizê-lo não é bastante; pede-me que o cante também. Por isso, vou repetindo uma ou outra passagem, dentro do *nigun* habitual. De vez em quando, diante de algum impasse, mostra-me como prosseguir. Chego a um ponto em que a minha voz não vai além de um débil sussurro. Sorri para mim e diz: "Vamos aos comentários".

A luz que entra pela janela vai diminuindo aos poucos, nos deixando cada vez mais mergulhados nas sombras. Meu pai detém-se casualmente num trecho que diz: "Este mês vos será o primeiro dos meses".

— Por que será que a *Torá* não começou por este versículo, e sim pelo do *Gênesis*? — ele olha para mim com um ar de quem espera uma resposta. Naturalmente, me encontro mudo feito um peixe. — Acaso, não deveria ter começado por este preceito, o primeiro dado ao povo de Israel?

Ele coça a cabeça, endireitando o *capele* e, depois, diante do meu profundo silêncio, prossegue, numa voz pausada.

— Uma boa pergunta, sem dúvida. Mas na *Torá* tudo tem sua explicação. Rashi, o nosso mestre de abençoada memória, explica-nos isso muito bem. Porque está escrito nos Salmos: "Manifesta ao seu povo o poder de suas obras, dando-lhe a herança das nações". Explica-se: se os povos do mundo dissessem a Israel: "Sois ladrões por terdes vos apropriado das terras dos sete povos, os povos de Canaã", poderíeis então responder: "Toda a terra é de Deus; Deus a criou e doou a quem lhe tenha agradado. Por vontade dele, deu-a a eles; por vontade dele, tirou-a e deu-a a nós".

Ele conclui essas palavras com uma tristeza distante nos olhos. Através da janela, procuram no azul do céu algum sinal. O sinal da primeira estrela.

52

Já anoitece e Iossl ainda se encontra no meio da estrada, longe da estação. Apesar de ser uma estrada erma, cercada de bosques virgens, conhece-a bem. Costuma percorrê-la duas a três vezes por mês.

O dia foi longo, trabalhoso, como, aliás, todo o dia trinta. O dia trinta é um dia especial, o tal dia de "cobrança", quando os fregueses costumam lhe pagar as prestações. E Iossl já aprendeu na própria carne: o que não se receber nele, torna-se difícil depois.

Mas, hoje, havia levado mais tempo do que imaginara. Por isso, seu regresso pela estrada se faria de noite, o que, sem dúvida, tinha seus perigos. Alguém poderia estar de tocaia, atrás duma árvore ou de alguma moita. Mas, fazer o quê? Durante o dia, corre-se perigo com os fiscais; de noite, com os assaltantes. Mas enfim, não há negócios sem os seus riscos, não é mesmo, Avrum?

Enquanto caminha, vai fazendo o seu balanço. Fulano pagou, beltrano deixou de pagar, sicrano não estava em casa, este liqüidou a metade, aquele prometeu para o mês seguinte. Uma demora aqui, outra ali. Alguns novos pedidos. O dia não fora de todo mau.

A noite cai depressa. Escurece cada vez mais. Seu corpo sua com a rapidez da marcha sob o peso da mala. Tudo, aos poucos, se vai diluindo no meio do lusco-fusco. O ventinho que começa a soprar lambe-lhe as gotas de suor. Embora cansado, procura apertar um pouco mais o passo. Quer chegar à estação o quanto antes. Mas ainda não vê luz alguma, o que, de certo modo, o deixa espantado.

A escuridão agora é total. É uma noite sem estrelas nem lua. Mal consegue distinguir os vultos das árvores. Força os olhos, mas não vê nada. Teria saído da estrada principal? Teria tomado, sem querer, um desses atalhos? O silêncio só é interrompido pelo coaxar monótono dos sapos.

Após algum tempo de marcha sem avistar coisa alguma, sem enxergar uma casa ou uma viva alma, começa a ficar preocupado. Sua preocupação já não é pelo dinheiro que lhe podem tirar, mas pela própria vida. Vêm-lhe à mente histórias malucas que correm entre seus colegas *clientelchiques*. Bobagens, bobagens, pensa consigo, procurando acalmar-se e, sobretudo, resistindo à tentação de correr. Lá no seu velho *Shtetl*, já não passara por perigos maiores? Nem se lembrava mais. No entanto, os perigos passados, quando pensa neles hoje, perdem o sentido. *Oi*, Avrum, o que não se faz por *parnusse*?

Agora mal consegue enxergar dois passos à sua frente, tal é a escuridão. Procura ansiosamente alguns sinais da estrada que lhe sejam conhecidos. Sente um gosto amargo na boca. A camisa empapada de suor cola-se-lhe às costas, e os pés escorregadios começam a dançar dentro dos sapatos. Apesar de tudo, ocorre-lhe um pensamento engraçado. E, quem sabe? Talvez o meu fim esteja mesmo marcado para um dia como este. Quem diria, hein?! O meu fim! O fim de um *clientelchic shlimazl*! Um *clientelchic* encontrado na estrada com uma faca nas costas! Pelo menos, acabam-se meus problemas, minhas dúvidas, meus tormentos, minha luta. Não mais fiscais. Não mais preocupações com o dia trinta. A morte pode ser doce. É o fim de tudo. Tudo acabado. Mas, acabar-se tão depressa? Sem nenhuma glória? Sem, ao menos, avisar a Dvoire?

Nisto, ouve-se um ruído. Seus ouvidos captam alguma coisa. O vento parece trazer-lhe o eco de vozes humanas. Animado, reunindo todo o fôlego que lhe resta, desata a correr. Por cima das folhagens, avista de longe o brilho de uma luz. Já mais aliviado, reconhece os primeiros sinais da estrada.

Finalmente vislumbra a pequena estação com suas lâmpadas fracas, amortecidas, mas que agora lhe parecem tão brilhantes, tão vivas, como jamais as vira. E seus olhos se enchem de alegria.

53

Chego na hora exata da saída. Muitas alunas já vão cruzando o grande portão do colégio. Realmente, um colégio dos mais elegantes, este Stafford!

Meu cabelo está penteado da melhor forma que pude fazê-lo. A minha roupa (não a nova, que esta eu havia rejeitado por me parecer óbvia demais), embora simples, sem fricote, tem bom aspecto, e até certa elegância. As frases que preparei estão todas na ponta da língua, bem afiadas, bem decoradas. Tudo em absoluta ordem.

Todavia, entre tanta gente, bate-me a vergonha. A coragem — ai de mim — começa a se esvair. Descontrolado, dou meia-volta, corro até a esquina, procuro esconder-me na entrada de um armazém, e fico dali olhando. Puxa, como se pode suar nesta terra!

A primeira coisa que faço quando percebo que ela vem vindo, é me enfiar armazém adentro, sem coragem para mais nada.

Mas, depois, torno a sair e a vejo de costas, a pouca distância. Raros transeuntes passam longe. Está sozinha, repito comigo. Chegou, afinal, a hora. Mas, apesar disso, não me aproximo. Fico apenas parado, quieto, vendo-a desaparecer.

54

Que me dizes, avozinho?

Conta o Baal Shem Tov: Certa vez, fui ao paraíso e muita gente me acompanhou, mas, à medida que me aproximava do Éden, as pessoas iam desaparecendo. Algumas ainda continuaram comigo, mas, quando me detive diante da Árvore da Vida e olhei à minha volta, estava sozinho.

55

Esta manhã, ao acordar, tento recompor o meu sonho. É um sonho no qual vejo minha mãe, ao que parece, sofrendo dores de parto; acordo no meio da noite com os seus gritos e observo à sua volta um homem e uma mulher vestidos de branco, tratando de acalmá-la. Alguém me toma no colo com a intenção de me tirar dali. Não devo ter mais de cinco anos. Choro, esperneio e chamo por ela. Compadecida de mim, a pessoa que me carrega deita-me de novo na cama, onde acabo ficando de costas, encolhido, quieto, imobilizado, sem coragem de me voltar. No íntimo eu sei o que fazem com ela.

Ainda deitado, fico a pensar em dois outros sonhos, sem muito sentido, que me costumam ocorrer e nos quais me vejo também numa idade de cinco a seis anos. No primeiro, um homem, de pé numa calçada, empunhando uma mangueira de borracha, está regando a rua, num trecho à frente de uma casa. Um cheiro forte de terra molhada se espalha no ar, me provocando uma profunda sensação de bem-estar. Por mais que olhe para ele, certamente algum vizinho, não consigo distinguir-lhe o rosto. No sonho que se segue, estou passeando em companhia de uma senhora, jovem e para mim desconhecida, que vai empurrando o carrinho em que se encontra meu irmão Srulic. A rua, formada só de lojas, tem pouco movimento. Diante da vitrina de uma delas, detemo-nos e ficamos a observar os seus manequins, que exercem grande fascínio sobre nós. De repente, percebo que, vindo do fundo do corredor, num andar quase mecânico, um sujeito se encaminha lentamente em nossa direção. "Vamos embora", digo à mulher, muito preocupado com o que nos pode acontecer, mas ela não liga, continua parada, examinando a vitrina. "Vamos embora", insisto, puxando-a pelo braço, certo de que estamos correndo grave perigo.

Sonhos? Lembranças de fatos antigos? Que fatos antigos são estes? Enquanto rolo na cama, pensando nessas coisas, volta-me o quadro do pesadelo que tive a semana passada e que ainda me lateja na memória.

Na verdade, um desses pesadelos sem pé nem cabeça. Estou visitando meus tios e dou com o quarto deles numa terrível bagunça. O guarda-roupa tem suas portas abertas, as gavetas escancaradas, todo o seu interior no chão, disperso, pisoteado. No meio da sala, dois homens desconhecidos encaram meu tio, que está parado diante deles. Sinto-me chocado ao ver quão triste é a expressão toda de seu rosto. Tem os olhos cravados no chão, e, junto dele, a poucos passos, está minha tia, apertando os dedos e repetindo em voz muito baixa: "Iossl... Iossl... Iossl". Ele nada responde. Todo o aspecto dele é o de uma criatura derrotada. Onde foi parar aquele orgulho que sempre ostentou? Onde está aquele ar de desafio que todos nós conhecemos? "Vamos embora", diz-lhe um dos homens, fazendo um gesto de impaciência. Neste momento, tia Dvoire atira-se sobre o marido e começa a beijá-lo apaixonadamente. Meu Deus, como eles se amam! Depois disso, arrancam-no dela, dobram-lhe os braços para trás, e o levam. Mas, antes de sair, comboiado pelos homens, ainda procura virar-se para nós, num último adeus. Seus olhos estão secos, cheios de humilhação.

56

— Ei, quero todo mundo bem atento, ouviram? — diz o Sargento Moreira, mostrando o fuzil, que, apesar do tamanhão, nas mãos dele parece não possuir peso algum. — Vou agora desmontá-lo, reparem.

Num minuto, tem sobre a mesa o fuzil todo desmontado. Nomeia rapidamente as peças e torna a montá-las, como se fosse um brinquedo. Todos nós arregalamos os olhos e trocamos sorrisos. Arele pisca-me o olho; Alemãozinho sai da posição de sentido.

— Atenção! — grita o Sargento Moreira, pregando-nos um grande susto. Seu berro ecoa por todo o pátio. Perfilados, queixo pra cima, barriga pra dentro, ficamos esperando as novas ordens. Num gesto brusco, ele aponta para um dos alunos seu grosso dedo indicador. — Você! Segure aí!

Atira-lhe a arma, fazendo-o quase despencar com o seu peso, e dá a ordem. A ordem dele é uma ordem, e coitado de quem não a tiver escutado. O homem não brinca em serviço.

— Vamos, desmonte isso logo! Segure firme, seu banana!

Ninguém inveja a situação do nosso pobre colega. Ninguém, por coisa alguma, gostaria de estar na pele desse infeliz. Com um puxão aqui, outro ali, aos berros, o Sargento Moreira vai ajudando a desmontar a arma (se é que se pode chamar a isso de ajuda).

— Viu, viu, seu banana.

Estamos todos de olhos esbugalhados. Naturalmente, não há quem não trema só de se imaginar como sua próxima vítima.

— Ei, você! Você mesmo! Monte o fuzil! Mexa-se de uma vez. Não fique me olhando feito um parvo. Cadê a baioneta? Ei, você, pegue aí a baioneta. Não, não é com o dedinho, seu banana.

57

Reb Sender faz um gesto, procurando atrair alguns ouvintes. Ele tem hoje uma boa história para nos contar. Mas, parece que, nesta tarde, ninguém está interessado nas suas histórias. O que se anda discutindo é outra coisa: alguma novidade publicada nos jornais. Por isso, ninguém lhe dá ouvidos.

— Foi num ano de fome, na véspera de um *Iom-Tov* — insiste ele, com sua voz fanhosa.

Os homens, reunidos num canto da sinagoga, desta vez, não fazem os comentários de costume. Ninguém está rindo. Suas vozes são diferentes. Uma expressão de pesar domina-lhes os rostos, mergulhados nas sombras.

— Como ia dizendo — prossegue Reb Sender, praticamente falando sozinho —, as coisas estavam mal paradas. Tão mal que um dos nossos mendigos, não encontrando alojamento para a noite, como último recurso foi abrigar-se no cemitério.

As palavras de Reb Sender caem no vazio. Lá fora começa a escurecer. No céu vai surgindo a primeira estrela. Aqui dentro as conversas e os comentários já não têm a mesma força; vão pouco a pouco morrendo.

Agora os homens estão em profundo silêncio, pensativos, voltados para dentro de si. Seus olhos estão apagados, como que cobertos de uma nuvem. A angústia toda do mundo parece recair sobre eles.

Por um longo momento, ninguém se move, ninguém tem vontade de dizer nada. Até mesmo Reb Sender, que nunca pára, deixa cair os braços e volta para o seu lugar.

— Bem, meus irmãos, está na hora — rompe meu pai o silêncio. Sua voz chega a ecoar por toda a sinagoga.

Erguendo-se do banco, caminha lentamente em direção do púlpito. E dali, com os olhos voltados para o oriente, inicia a oração diária do *Mairev*.

58

Vai fazer hoje um mês que os nossos vizinhos da frente, os *arguentiner* sumiram. Sumiram sem mais aquela, da noite para o dia. No local, apareceram uns homens, vindos de carro, à procura deles. Ninguém soube explicar o que havia acontecido.

Quanto a mim, creio que nunca saberei dizer o que senti aquela tarde, quando, ao sair à janela, encontrei o balcão vazio.

59

Rádio (voz do locutor): ... No ar, a Rádionovela (sobe o prefixo musical; cai em seguida lentamente) ... Quó Vadis?

Reb Sender: Que mundo o nosso, governado pelos demônios!

Tio Iossl: Fomos eleitos pra quê? Me responda isso.

Clientelchic Avrum: O que sei é que qualquer lugar é bom pra *bater clientele.*

Reb Shmuel: *Ani Mamin,* eu creio.

Sargento Moreira: ... depressa, o fuzil, seu banana.

Tia Dvoire: Somos todos órfãos.

Velho Rebe: Que queres de nós? Que foi que te fizemos?

Minha mãe: *Gotenhu... Gotenhu...*

Meu pai: Você não está entendendo o fundo da questão.

Rádio (voz do cantor): Nada além, nada além de uma ilusão...

Mãe de Arele: *Gvald!*
Sheine, irmã de Arele: Mame!
Povo na sinagoga: *Isgadal Veiscadash Shmei Rabá...*
Ļtzic, o vendeiro: Minha opinião? Nenhum judeu vive sem milagres.
Arele: Que merda!
Rádio (voz do cantor): *Besame, Besame mucho...*

60

Ultimamente eu e Arele vivemos sonhando com viagens. É uma vontade tão grande que nos estoura no peito. Ah, se a gente pudesse perder-se na Grande África tal como o Livingstone (Livingstone, presumo, diz Spencer Tracy). Queimar-se ao sol do Saara. Chegar ao Jardim de Alá. Percorrer as ruas de Chicago, topando alguns *gangsters*. Ou, simplesmente, dar uma voltinha em Casablanca!

Sucedem-se, assim, viagens mais do que estranhas. São viagens onde as intempéries do ar ou das estações pouco ou nada significam para nós. Precipícios e ribanceiras são meros acidentes geográficos, que, de forma alguma, chegam a atrapalhar. Transpomos distâncias enormes de um ponto ao outro do globo, num simples abrir e fechar de olhos.

Mas, a bem da verdade, algumas vezes somos obrigados a mudar nossos planos. Cancelamos à última hora, por exemplo, uma viagem ao distante Pólo Ártico, porque não gosto de viajar quando começo a me sentir resfriado. Em outra ocasião, a proximidade de uma prova na escola desfez um cruzeiro nosso pelas Ilhas do Pacífico.

Estamos assim neste domingo, sentados um diante do outro, não sabendo exatamente o que fazer de nossas vidas, quando Arele desabafa:

— Puxa, se pudéssemos viajar!
— Prá onde?
— Prá qualquer lugar. — E, depois de uma pausa, completa: — A gente pode engajar-se num navio.

Olho para ele, abismado; o filho-da-mãe está falando sério. De onde terá colhido a idéia?

— Conhece algum navio?
— Não, mas qualquer cargueiro serve.
— Cargueiro?!
— Sim, descemos para Santos, e é só escolher.

Pausa para meditação.

— Mas, escute Arele, você sabe o que está falando? Sabe o que está acontecendo aí fora?

Ele abana a cabeça, rindo, e me faz rir também.

— Você está pronto?
— Claro.

Saímos a pé até a José Paulino. Ali mesmo, agarrando o primeiro bonde que passa, largamo-nos numa tranqüila viagem para Casa Verde. Afinal, Casa Verde, para nós, é ainda tão virgem quanto a própria África.

61

Que me dizes, avozinho?

GLOSSÁRIO

A BRIVELE DER MAMEN — Uma cartinha para a mãe.
A GUTE VOH — Saudação usual que se faz entre os judeus, no fim do sábado, formulando votos de uma boa semana.
ADONAI HU ELOIM — O Eterno é o nosso Deus.
ARGUENTINER — Argentinos.
A SHANDE — Uma vergonha.
BEIGUELAH — Rosquinhas.
BORSHT MIT LOCSHEN — Expressão típica: — Não confunda as coisas. Tradução literal: — Não misture sopa de beterraba com macarrão.
BRUDER — Irmão.
CAPTZONIM — Pobretões, pés-rapados.
CLIENTELE — Profissão do *clientelchic:* mascate, vendedor pelo sistema de prestação.
DER MESHUGUENER — O louco.

EPICURISTA — Na *Mishná* e no *Talmud*, o epicurista ou *epicoires* (do grego *Epikureios*) é descrito como adepto do filósofo Epícuro. Com o tempo, passou a significar, em *idish*, um herético ou livre pensador.
GALITZIANERS — Judeus da Galícia.
GALUT — Exílio, diáspora.
GANEF — Ladrão.
GOI — Gentio, tratamento dado pelos judeus aos não-judeus.
GOIM — Gentios, tratamento dado pelos judeus aos não-judeus.
GOTENHU — Diminutivo de Deus, como tratamento carinhoso.
GUEMORE — Segunda parte do *Talmud*, destinada à interpretação da *Mishná*.
GUESHEFTEN — Negócios.
GVALD — Socorro, acudam.
HUMESH — Pentateuco
IDISHE TOHTER — Filha judaica.
IEQUES — Judeus da Alemanha.
IOM-TOV — Feriado Judaico.
IOM QUIPUR — Feriado judaico dos mais importantes, no qual o crente, em absoluto jejum, entrega-se à oração e ao exame de consciência.
ISGADAL ... — Oração pelos mortos.
LIGNERS — Mentirosos.
ANI MAMIM — Canto hassídico, que proclama a fé judaica e a vinda de Messias.
MAHZER — Livro de orações dos Dias Santificados.
MESHIGASS — Loucura.
MESHUGOIM — Loucos, malucos.
MESHUGUENER-VELT — Mundo maluco.
MILHEQUE-LATQUES — Panquecas feitas no leite.
MOHEL — Pessoa que executa a circuncisão.
NEILAH — Prece final do *Iom Quipur*.
NIGUN — Melodia secular utilizada na leitura de textos sacros, seguindo determinados sinais gráficos, existentes acima e abaixo das palavras.
PARNUSSE — Sustento, ganha-pão.
PESSAH — Páscoa judaica.
POILISHE — Judeus da Polônia.
RASHI — Abreviação formada com as iniciais do nome de Rabi Shlomó Itzhaki, o grande comentarista bíblico e talmúdico do século XI, lido e estudado até hoje.

- REB — Tratamento judaico: Senhor.
- RUMENER — Judeu da Romênia.
- SEFARDIM — Judeus orientais.
- SHAMES — Bedel da Sinagoga.
- SHAVUOT — Pentecostes. Originariamente, era a festa das primícias e da comemoração do Decálogo.
- SHEIDIM e TAIVLONIM — Demônios.
- SHEIGUETZ — Jovem gentio.
- SHIF-BRIDER — Imigrantes que viajaram no mesmo navio. Tradução literal: irmãos de navio.
- SHMÁ ISRAEL — Ouve ó Israel. Confissão de fé judaica: "Ouve, ó Israel, o Eterno é Nosso Deus, o Eterno é Um."
- SHOFAR — Trombeta, feita de chifre de carneiro, usada pelos antigos hebreus. É tocada nas sinagogas antes e durante as solenidades de *Rosh Hashaná*, o ano novo judaico, e no encerramento do *Iom Quipur*.
- SHOLEM ALEIHEM — Saudação usual entre os judeus; forma idish de *Shalom Aleihem*: A paz seja convosco.
- SHLIMAZEL — Um sujeito sem sorte, azarado, caipora.

- SLIHOT — Orações de Penitência, recitadas em geral de madrugada, no período dos dez dias entre *Rosh Hashaná* (Ano Novo Judaico) e *Iom Quipur* (Dia do Jejum).
- SHVARTZ IOR — Ano agourento, ano negro.
- SHVOC — Caloteiro. Tradução literal: Prego.
- TAIVLONIM — Demônios.
- TALMID-HOHEMS — Sábios, cultos.
- TEFILIM — Filactérios.
- TORÁ — Doutrina da lei. Denominação ampla dos cinco livros de Moisés (Pentateuco).
- TZADIC — Justo, pio, taumaturgo hassídico.
- TZADIQUIM — Plural de *Tzadic*: justo, pio, taumaturgo hassídico.
- TZURES — Agruras, sofrimentos, problemas.